古韵新风

"一带一路"上的美丽陇南（第三卷）

YIDAI YILU SHANGDE MEILI LONGNAN

张红霞 / 主编

敦煌文艺出版社

编辑委员会

顾 问
张柯兵　刘永革　杨 邰　梁 英

编委会主任
马 军　刘 诚

主 编
张红霞

副主编
刘满园

编辑委员会（以姓氏笔划为序）
尹玉会　刘满园　李如国　张红霞　赵 芳

特邀编辑
《历史的回响》尹玉会 编　《魅力家园》李如国 编　《古韵新风》赵芳 编

编 务
魏娅娅　夏 霜　杨雅妮　赵立琼

封面题字

《历史的回响》　　王青彦

《魅力家园》　　王林宝

《古韵新风》　　王小静

序

2013年，习近平总书记提出共建"一带一路"重大倡议，为我们开放发展赋予了重大历史机遇；2019年8月，习近平总书记视察甘肃时强调，甘肃最大的机遇在于"一带一路"，为我们准确认识发展历史方位、时空背景和时代坐标指明了着力方向、提供了根本遵循。地处西北内陆腹地的陇南，是甘肃这柄"玉如意"最美的一角。全市上下认真贯彻落实习近平总书记重要指示精神，深度融入国家"一带一路"建设规划，不断扩大对外开放交流，陇南这一"宝贝的复杂地带"被世人更为广泛地认知。

在漫长的历史进程中，在陇南这方热土上形成了祁山道、陈仓道、阴平道等外联内通的陇蜀古道，是衔接南北丝绸之路的桥梁和纽带，也是茶马古道的重要组成部分，在政治、军事、经贸交流等方面发挥了巨大的作用，茶与马、战争与和平、交流与互惠、合作与对抗，演绎了无尽的精彩故事，散发着独特的魅力，呈现着别样的美丽。

陇南之美，美在深厚的文化底蕴

陇南是中华文明的发源地之一，早在7000多年前的新石器时期，就有人类文明的足迹，仰韶文化、马家窑文化、齐家文化、寺洼文化在西汉水流域、白龙江流域多有遗存。人文始祖伏羲在这里诞生，大秦帝国在这里发祥。这里是古羌文化发源地，是藏文化原始的活态聚集区，魏晋南北朝时期，氐羌民族在这里曾建立仇池国、武都国、宕昌国、阴平国、武兴国等地方政权，在历史上产生重要影响。三国时期，诸葛亮六出祁山伐魏，演绎了千百年来广泛流传、脍炙人口的西城弄险、挥泪斩马谡、木牛流马运粮草、姜维大战铁笼山等动人故事。李白、杜甫途经陇南，发出了"青泥何盘盘，百步九折萦岩峦""朝行青泥上，暮在青泥中"的感叹，留下了许多伟大诗篇。乞巧节、池哥昼、高山戏等国家级非物质文化遗产在这里传承千年。同时，这里也是一片红色的热土，习近平总书记指出："陇南是红军长征途经地域最广的地区之一，红一、二、四方面军和红二十五军都在这里留下了战斗足迹。"习仲勋等老一辈无产阶级革命家领导的"两当兵变"，打响了甘肃武装革命的第一枪；毛泽东主席在宕昌哈达铺作出了"到陕北去"的重大决策，成为中国革命的转折点。氐羌遗韵、先秦雄风、西汉水畔乞巧女儿的歌声、三国古战场鏖战的回音、千年马帮不息的铃声、遍布全境的红色革命足迹，都在诉说着这块古老的大地上的兴衰变迁，谱写着陇南连结南北通道的不朽乐章。

陇南之美，美在良好的生态环境

陇南地处青藏高原、秦巴山区、黄土高原三大地形交汇区域，古为"秦陇锁钥、巴蜀咽喉"之要地，今有"陇上江南"之美誉，既是北方人眼中的南方、温婉而秀丽，又是南方人眼中的北方、粗犷而豪放，孕育了南北兼具的独特气候条件，造就了宕昌官鹅沟、武都万象洞、文县天池、康县阳坝、两当云屏等众多自然景观，构成了一幅翠绿植被、清澈溪水、清新空气、蔚蓝天空的原生态"山水画卷"，成为陇原大地的一颗绿色明珠，全市有5A级景区1个，4A级景区17个，2100多个美丽乡村，镶嵌在青山绿水之间，呈现出美美与共、和谐共生的秀美画卷，是诗人们的向往和游人们的远方。

陇南之美，美在昂扬的精神风貌

历史上，陇南既是各种政治军事力量激烈争夺的战场，又是中原政权与西北少数民族接触交往的前哨阵地，秦人开疆拓土的勇猛、刘秀得陇望蜀的雄心、繁忙的嘉陵江漕运，无不为陇南人打上了心怀天下、交融八方的开放心态。另外，受特殊的地理环境和气候因素等影响，陇南地震、洪涝、滑坡等自然灾害多发频发，在长期与自然灾害对抗中，形成了陇南人民不畏艰难、自立自强的精神品质。在新时代重大改革发展历史任务面前，开放包容、自强不息的陇南人在一次次的重大考验中努力拼搏、奋勇赶超，谱写着更加壮美的时代华章。

近年来，我们借助"一带一路"的东风，高质量完成脱贫攻坚历史任务后，及时将工作重心聚焦到推动高质量发展上来，确立了"三城五地"目标定位，即：建设甘肃绿色发展的典范城市、甘陕川结合部的魅力城市、"一带一路"和西部陆海新通道的节点城市，打造绿色发展高地、文旅康养胜地、交通物流要地、投资创业洼地、美好生活福地。以高质量发展为统揽、以改革创新为动力、以满足人民美好生活需要为目标，坚定不移走生态优先、绿色发展之路，落实落细大抓项目、大抓产业、大抓招商，推动特色山地农业提质增效、传统优势工业提级转型、文旅康养产业提档升级、新兴数字产业提速崛起的"三抓四提"重点措施，着力构建现代产业体系，大力夯实发展基础，接续推进乡村振兴，全面深化改革开放，持续保障和改善民生，不断提升社会治理水平，推动经济社会进入高质量发展新时代，一个如诗如画、充满活力、昂扬向上的社会主义现代化幸福美好新陇南正在阔步前行。

千里白龙江，清波流诗章。陇南市文联编辑这套丛书，立足于"一带一路"的连接地和过渡段、长江经济带和西部陆海新通道等重大战略交汇点的区位优势和地理特点，用近年文学创作的成果，描绘我市古往今来的山川形胜、人文历史、民俗风物，展现陇南深厚的文化底蕴、鲜明的地域特色和宝贵的精神财富；反映历史之美、山水之美、生态之美、人文之美，反映新时代陇南新气象，讲述我市跟随时代步伐发展变化的生动故事。这套丛书精选了全市作家、诗人热情讴歌家乡的优秀作品，通过这些文学作品，让我们走进一个独具魅力、绚丽多彩的美丽陇南。希望通过这套丛书的刊发，进一步加深外界对我市的全面了解，增强人民的文化自信，为建设特色文化大市增添厚重的人文内涵，为建设社会主义现代化幸福美好新陇南增添更加强劲的动力。

张柯兵

二〇二三年三月

（作者系中共陇南市委书记）

目录 Contents

第一章 掌上陇南

003　古元章裕河九章
003　走向裕河
003　相聚裕河
003　行在裕河
004　感在裕河
004　乐在裕河
004　游在裕河
005　享在裕河
005　告别裕河
005　难忘裕河
006　李蔚斌陇南吟怀一组
006　向往陇南　陇上春归
006　过秦川
006　三滩印象
007　过阴平
007　康坝行
008　礼赞哈达铺

008　谒武侯祠
008　仇池古国游
008　武都桃花节感遇
009　题登真洞
009　登成县杜公祠有感
010　包德珍陇南行吟
010　初到陇南
010　爱怜陇南
010　成县杜甫草堂
011　白龙江畔四首
012　红河水库怀古秦皇练马场二首
012　有感陇南山水游
014　参观礼县秦文化博物馆
014　在西和晚霞湖过七夕节
015　樊忠英诗词七首
015　武都桃花会吟句
015　武都社火

016	行香子·蒲公英	023	官鹅秋色
016	行香子·贺锦屏公路桥通车	023	两当云屏
016	江月晃重山·乞巧	023	武都万象洞
017	浪淘沙令·听演唱	024	成县下峡樱桃花节感赋
	《高山戏·开门帘》有感	024	康县响水泉
017	望海潮·五凤山远眺	025	司跃宁诗六首
018	黄英诗词四首	025	仁天池岸忆先贤韩公当年考察
018	老农		筹建天池大学事有感
018	遥念	025	白马山寨欢聚
019	晚归	025	夜宿八福沟
019	重逢	025	游花桥村感赋
020	刘可通诗词四首	026	裕河游感赋
020	游朝阳洞	026	梅园情韵
020	游万象洞	027	周鹏诗一组
021	秋到红女祠	027	春雨连宵
021	丁亥仲夏登五凤山	027	春日即怀
022	赵文博诗词七首	027	浣溪沙·春意
022	陇南春	028	定风波·端午遣怀
022	礼县祁山堡	028	南乡子·磨墨

第二章 诗话陇南

031	赵芳诗词一组	031	山湾梦谷
031	立秋怀远	031	橄榄心
031	静美天池	032	春游成州

目 录

032　白马天池
032　青泥流韵
032　陇南市树市花公示即咏
033　题两当县云屏三峡
033　白龙江
033　樱花醉
034　寻梦张坝
034　诗意油橄榄
034　清秋应邀参观山湾梦谷兼寄
　　　邱本良先生
035　兰仓城外花如海
035　万象洞歌
036　白龙江廊桥　卜算子·梦续廊桥
036　临江仙·七夕声声慢
037　江城子·橄榄之城
037　凤凰台上忆吹箫·秋风裕河
037　兰陵王·廊桥夜话
038　满江红·魅力陇南
038　特色扶贫陇南歌
039　刘雁冰诗一组
039　（一）
039　咏雪岭神泉
039　康县山根梦谷
040　九台春酒厂采风
040　咏陇南油橄榄

040　宕昌行
041　红军长征甘肃南
041　醉美成州
041　成州红川行
041　栀子花开
042　山湾梦谷
042　夜宿宕昌山湾梦谷
042　登山有感
042　有感于宕昌县环境卫生大整治暨
　　　官鹅沟国家5A级景区创建活动
042　"墨染樱飞，醉美两当"
043　云屏三峡采风
043　咏樱花
044　鱼树雄一组
044　武都瑶寨沟
044　文县天池
045　张坝古村
045　康县梅园客栈
046　声声慢·西和晚霞湖
046　莺啼序　陇蜀之城陇南市
047　秋雨诗词一组
047　洮坪姊妹峰（新韵）
047　垂柳篱墙百姓家
047　菩萨蛮·诗画廊桥（新韵）
048　采桑子·凤鸣三县梁

048	少年游·春游秦皇湖	
048	少年游·康县阳坝生态园	
048	少年游·静美天池	
049	采桑子·金马池	
049	采桑子·凤鸣三县梁	
049	采桑子·秋夕（新韵）	
049	少年游·山湾梦谷谱新曲	
049	少年游·永坪年家村万寿菊种植园	
050	鹧鸪天·苹果花似锦（新韵）	
050	减字木兰花·康县花桥景点	
050	山花子·赞康县杨坝茶园	
050	诉衷情令·盐官盐井遗址（新韵）	
051	青玉案·西和乞巧	
051	八声甘州·唐王村故事	
051	八声甘州·康县采风印象	

第三章 生态陇南

055	赵 芳	生态陇南
061	张国泰	水调歌头·生态陇南（新韵）
061	杨 荣	水调歌头·题两当国家生态文明示范县
061	张付成	生态陇南
062	牟耀武	西和八景之云华山
062	谭利明	陇上家园（新韵）
062	文 川	沁园春·官鹅沟冰雪旅游节
063	庞学先	故宅新容
063	董志刚	江南春·陇南镡河古渡口
063	刘清宇	白龙江畔住天鹅
063	彭彦平	官鹅冰雪旅游节
064	范小灵	游硬坪草原
064	王文伟	山水陇南
064	赵晓滨	过铁笼山
065	姜 毓	鹧鸪天·生态陇南
065	王淑芳	陇上栖白鹭
065	高永久	生态陇南
066	廖 进	陇南酸菜
066	何水长	生态陇南
066	鱼水翔	鹧鸪天·仇池胜览
067	王得虎	琵琶古镇赞
067	鱼夏雄	生态西和
067	方小龙	生态陇南（新韵）
068	成小毅	生态陇南同谷陈院农家乐兴题二首（新韵）
068	苏军锋	生态陇南（新韵）
068	朱锦华	生态陇南
069	王建花	满庭芳·礼县翠峰

069	申军燕	游宕昌	071	鱼夏雄	游云华山
069	周礼明	生态陇南	071	鱼夏雄	端午节晚霞湖笔会感吟
070	朱艳秀	浪淘沙·朱家沟	071	罗愚顿	古韵陇南
070	罗润泽	陇南生态	072	耿杰诗一组	
070	鱼夏雄	西狭颂	072	铁山	

第四章 红色陇南

077	鱼树雄	纪念为党的事业英勇献身的英雄战士们	082	杨雄英	建党百年庆
			082	池明赟	建党百年颂
077	郭 军	纪念成徽两康战役胜利	082	张玉庆	西江月·建党百年颂
078	赵 芳	万里春·陇南诗词"重温党史、重走红军路"	083	张国栋	心里话儿献给党
			083	马成龙	庆祝中国共产党成立100周年（新韵）
078	赵金贵	红色陇南			
078	张庆中	两当兵变纪念馆	083	鱼水翔	满江红·建党百年贺礼
079	田雨燕	红色陇南	084	阿 丑	纪念中国共产党成立100周年
079	董少文	谒龙池湾烈士陵园	084	袁沁哲	水调歌头·百年历程
079	刘有生	红二方面军龙池湾战场寻吊	085	张泓组诗	
080	王建花	满江红·龙池湾烈士陵园（柳永体）	085	游青泥岭	
			086	编纂《抗震救灾志》感赋	
080	马 娃	拜谒龙池湾烈士陵园（新韵）	086	夏日乘至青泥河村	
			086	鹧鸪天·怀金徽大道景色	
081	杨 荣	满江红·谒两当兵变重走红军路（新韵）	087	金缕曲·庆祝中国共产党成立一百周年
081	董少文	临江仙·建党百年颂	088	董双定词诗一组	
081	桂昌生	庆祝中国共产党成立100周年	088	裕河吟	
			088	二郎帮扶记	

088	康县庄科村新景	092	大美裕河
089	冬日官鹅即景	092	游武都朝阳洞
089	礼县盐井祠	093	参加党校学习有感
089	康县花桥村	093	官鹅沟采风
090	过文县关子山	093	陪同省扶贫监督调研组到文县
090	张坝怀古	093	改革开放四十年感怀
090	张坝印象	094	生态治理视察参观金辉矿业公司
091	康城三咏之朱家沟	094	再到二郎乡武坝村帮扶联系点
091	端午诗话		（古风）
091	早春晨雨	094	南歌子·喜迎党的十九大
092	往千坝牧场途中		

第五章 幸福陇南

097	单马娃诗词一组	101	白云山后花园赏春
097	贺"一带一路"会议在陇南召开	101	浣溪沙·山城康县初春
097	赞陇南电商（新韵）	102	赵晓滨诗一组
097	观抗洪一线临屏有寄（新韵）	102	即景
098	张开瑰诗词一组	102	山湾梦谷印象
098	两河镇采风	102	鹧鸪天·赠草坪村帮扶干部强刚
098	游两河镇	103	李琼词一组
099	临江仙·游两河七寨沟	103	西江月·两当春美韵无边
099	临江仙·游康南两河镇	105	柏晓勤诗词两首
100	李军英诗词一组	105	重阳下午喜晴登南岭
100	杨家河	105	万象洞
100	小城仲夏	106	王惠菩萨蛮九首

106 菩萨蛮·扶贫干部	111 张海斌诗词五首
106 菩萨蛮·天梁	111 金马池口占
106 菩萨蛮·山乡	111 与亲友游金猴峡
107 菩萨蛮·过南康宋坪	111 扶贫干部
107 菩萨蛮·双旗沟	112 如梦令·余家河（中华新韵）
107 菩萨蛮·再到石门沟	112 满江红·赞裕河
107 菩萨蛮·宋坪山中	113 孙红刚诗词一组
108 菩萨蛮·荒村巨变	113 咏两当樱花
108 菩萨蛮·过白水江	113 游万象洞有吟
109 唐秀宁诗词六首	113 鹧鸪天·丁酉冬夜赏雪有吟
109 戊戌新秋晚霞湖乞巧行吟三首	114 曾玉梅诗词两首
110 高阳台·鸡峰雪韵	114 辛丑重阳节随安君到乡下走亲戚
110 高阳台·秋醉西狭	114 乾荷叶·秋菊（刘秉忠体）
110 暗香·成州杜公祠赏梅步白石道人韵	

第六章 陇蜀之城

117 赵 芳 陇蜀之城十四吟	125 王 栋 谷雨古村即景
琵琶吟	125 郭 军 张坝古村落寄韵
122 方小龙 陇蜀古村	125 田雨燕 清平乐·琵琶张坝缘
123 张付成 天净沙·古村张坝	126 赵晓艳 村行
123 鱼树雄 古村	126 罗愚频 张坝古村
123 鱼夏雄 古村落	126 周 郎 古村行
古村吟	127 郑 军 古村新声
124 鱼水翔 陇蜀之城遗古韵	127 董少文 张坝古村
124 王玲巧 眼儿媚·咏琵琶古村落	127 梁贵平 琵琶镇古村

128	赵金贵	古韵新弹		131	王 斌	寻觅陇蜀之城
128	张庆中	武都琵琶乡古村落保护		132	何巧巧	张坝古村落赋（新韵）
128	张寒喜	踏莎行·春到琵琶		132	赵 云	南乡子·张坝古村
129	赵书成	古村落留句		132	张羽中	陇蜀之城
129	张国栋	琵琶镇里古韵悠		133	李广娟	如梦令·古村
130	何 郑	古镇神韵		133	陈永红	陇南古村
130	李 明	古村情结		133	尹竞平	咏古村落（新韵）
130	张耀华	武都琵琶镇古村落张坝		134	王淑芳	张坝古村吟
131	雍守爱	古村谱新篇		134	何长明	张坝古村
131	朱俊强	琵琶古村落		134	赵长忠	咏武都琵琶镇古村落

第七章 活力陇南

137	吕升荣	蝶舞醉斜阳		141	王欣雨	天池秋景
137	杨想生	贺全球减贫研讨会				阶州晚市
		在中国·陇南召开（新韵）		141	张卫红	陇上金马池
		浣溪沙·诗意年家党旗红		142	吴彩琴	泰湖夕阳
138	范小灵	小雪		142	高加强	山根梦谷
138	王慧琴	拜谒盐官盐井祠		142	张国栋	陇南诗词诗友踏上青泥岭
138	秦 波	山村冬日咏怀		143	刘素芳	晨见
139	廖军晖	寻梅·初冬踏雪		143	史淑燕	金马池
139	王会军	又谒武侯				卜算子·陇南城乡
139	张 怡	采桑子·苹果花绽西江岸		144	赵金贵	诗词三首
140	张敬年	登青泥岭感怀		145	张寒喜	满庭芳·城区绿化
		游武都金马池		145	何巧巧	武都万象洞
140	成小毅	花园城市				秋醉裕河
						画堂春·隆兴镇青山绿水赋

146	王青海	梦江南		155	周礼明	辛丑立冬
146	赵　云	江南公园		155	桂昌生	驻丰元坡村感怀
		钟楼公园		156	杜小宝	团鱼河
147	袁沁哲	金马池一游		156	宋树祥	辛丑中秋感吟
		国庆游鸡峰山		156	董志卫	夏日游清凉寺
148	李保荣	题万象洞		157	蒋维进	辛丑重阳
148	苏军锋	立夏驻马营镇		157	罗海云	春耕
148	赵　云	山根梦谷		157	赵长忠	梦想中的山背罗湾
149	董志清	精准扶贫早春下乡感吟		158	魏恒平	辛丑立春感怀
		过陶家湾新农村		158	杨春冲	羌寨冬韵
		石坊秋		158	乔文杰	宕昌秋雪
150	王守城	题陇南崖蜜		159	谭利明	宕昌冬景
		陇南食用菌		159	赵王忠	临江仙·什川接官亭
150	张治文	重上关子山		159	许社德	天净沙·晚秋抒怀
151	张玉庆	山村即景		160	马永彰	宕昌县樱花城
		中庙印象		160	张耀平	阳坝
		靓丽范坝镇		160	李明山	仇池
152	刘代平	碧口寻春		161	姜　毓	小雪随笔
		玉垒关春景		161	曹补珍	西江月·晚霞湖荷景
153	池明赟	秋色		161	陈新峰	醉美陇南
153	赵玉林	咏花椒		162	刘清宇	雪花飞·校园冬趣
		水调歌头·油橄榄成熟		162	陈永红	鹧鸪天·陈地驻村干部
154	刘欣治	同咏裕河				姜冰峰（晏几道体）
154	王文伟	白水江畔		162	张庆忠	望海潮·奋进陇南
154	屈学文	范坝镇		163	楚　勤	水调歌头·陇原放歌
155	何长明	大美陇南				

第八章 美丽陇南

167　赵　芳诗一组
170　郭　军诗一组
177　彭彦平诗一组
183　王　栋诗一组
187　董少文诗一组
194　王建花诗一组
196　张付成诗一组
197　鱼水翔诗一组
199　高幼平诗三首

200　杨　荣诗词一组
202　石玉林诗一组
204　田雨燕诗一组
205　刘有生诗一组
206　张巧红诗一组
207　李逢春诗一组
209　罗德伦诗词一首
210　熊九州诗一组

后　记 / 211

第一章 掌上陇南

古元章裕河九章

（一）走向裕河

未到裕河先有诗，　翠崖清溪惹寻思。
山含露雨若沉醉，　云浮峰峦似偎依。
茂草绿迷樵客路，　霜叶红染骚人衣。
此行或了平日愿，　惬看人天尽相宜。

（二）相聚裕河

正是萧爽红满天，　裕河相聚意缠绵。
最易消磨唯岁月，　实难忘却是林泉。
骚客融景每吟句，　文友相见频把盏。
人生难得几回聚，　权且放浪三日闲。

（三）行在裕河

贪看野色故行徐，　人与浮云共卷舒。
袅袅轻岚犹绕树，　徐徐凉风欲飘衣。
秋气乍爽启心谛，　霜叶似燃赋情诗。
寥廓霜天总成趣，　人生何处不忘机。

（四）感在裕河

久慕裕河几成哀，　今日随愿乐悠哉！
心栖未必重萦梦，　兴到何妨偶抒怀。
昔闻偏隅荒蛮地，　却惊嬗变殊胜带。
推窗放眼山色好，　余霞笼翠入帘来。

（五）乐在裕河

叶落霜高秋正阑，　却来相与尽浪欢。
且喜骚坛添新友，　更欣诗会聚旧贤。
山解寒意尽皆染，　天赏好诗似更蓝。
乐事空前当饮酒，　抛却俗尘应犹酣。

（六）游在裕河

乘兴闲步裕河头，　凉风清景胜春游。
四面青山空日暮，　两岸古木向人秋。
绿水喧嚣无尽意，　红尘纷争何曾休？
山野笙歌醉遥夜，　唯见明月照层楼。

（七）享在裕河

正是秋高叶飘飞，　　诗友裕河享翠微。
游山探水苦吟句，　　看猴观景乐邀杯。
坐看枫林送日去，　　行吟苔径带月归。
野趣雅会堪盛事，　　唯愿来年再相会。

（八）告别裕河

小别裕河似添忧，　　青山依依欲挽留。
举头望云兴未尽，　　醉眼别山情难收。
心中还绕诗吟声，　　耳际犹闻鸟语啾。
回味不断意不断，　　诗心拳拳到阶州。

（九）难忘裕河

秋晚携友裕河行，　　最难忘却烟霞情。
满山金猴逗游人，　　三边风情醉过客。
神奇八湖一溪水，　　妙绝三瀑千叠韵。
遍地是景遍地诗，　　踏访归来思绪萦。

古元章，男，甘肃陇南武都人。陇南市政协原副主席，陇南市诗词学会会长。

李蔚斌陇南吟怀一组

（一）向往陇南　陇上春归

陇上春光好，绵延四目新。
苍山环翠谷，白水戏游人。
熙攘风尘苦，氤氲果木真。
归程何远近，一景一躬身。

（二）过秦川

千里秦川一望空，悠悠麦浪起葱茏。
昔时入蜀翻秦岭，今日飞车走汉中。
避乱西陲同谷恨，登天鸟道谛仙穷。
踏平坎坷成丝路，满苑繁华陇右风。

（三）三滩印象

遗迹横岗如梦幻，洞天林立鸟盘盘。
杜公悔叹他山绝，李白惊呼蜀道难。

四季怀春生万象,双沟揽月护三滩。

离离草甸铺云外,惟有天坑诉大观。

注:三滩风景区位于陕甘川交界嘉陵江上游,占地为208平方公里,最高峰海拔2500米,大小共计72滩(草甸)合称三滩。

(四)过阴平

水转峰回路漫长,映窗即景菜花黄。

下乡踏足阴平隘,立马投身陇上光。

坎坎金田盘古木,沉沉碧口醉斜阳。

茅庐三顾胸成竹,羌笛何愁奏乐章?

(五)康坝行

燕子河开日,犀牛眷小康。

樱花才落尽,桃树已抽长。

坝上犁田熟,山南绿叶香。

时人何处静,做客到茶庄。

注:燕子、犀牛为康县境内的两条主要河流。

（六）礼赞哈达铺

长征雪火烹，腊子口重生。
白匪凡烟罩，红军即气蒸。
药材铺外息，邮政所旁营。
难得大公报，端知陕北情。

（七）谒武侯祠

沥雨驱车古庙幽，凄风已度几千秋。
祁山再见君臣表，汉水中分魏蜀州。
关隘重重心未已，神魂渺渺梦回游。
如烟往事时空转，一统山河两岸流。

（八）仇池古国游

仇池故顶碧云天，旧国惟余蛱蝶翩。
奇石嶙峋追上古，神鱼谈论到今天。
悬崖有识通思路，集市无缘到海边。
汉水由来天际去，难移世袭不丰年。

（九）武都桃花节感遇

落座南山望北云，白云灌顶雪成真。
半腰簇簇花团锦，三月彤彤雾海新。

匝道敲锣迎远贾，深情歌舞谢嘉宾。

明年此处桃花节，一样风光两样人。

（十）题登真洞

歧凤朝仪拜两当，白皮松海郁茫茫。

仙姑共雾飞灵境，老果通玄化妙章。

联胄皇亲辞不及，回銮天府运无常。

山名有幸连山客，鸟自还巢应上苍。

注：两当为县名，也为山名，老果仙姑，八仙之二。

（十一）登成县杜公祠有感

避乱西陲没石骸，结庐远道仗天裁。

挂官岂赴成州任，顾命还招橡子回。

变调七歌南坂屋，追风二雅凤凰台。

江山不幸谁能幸？老杜诗情上上来。

注：二雅原指《诗经》大小雅，此处代指诗词。

李蔚斌，男，1965年生，字五津，号逍遥居士，网名逍遥无津。原籍安徽无为，现居北京，工作于中国五矿集团。中共陇南市委原常委、副市长。诗刊·子曰诗社社员，陇南市诗词学会顾问。诗词常见于《中华诗词》《中国诗歌》《中国诗词》《中华日报》等海内外诗刊，已出版诗集《陇南吟怀》和《巴西夜语》。

包德珍陇南行吟

（一）初到陇南

向夕浑如梦，馨摇满柳梢。
地随千树远，天已万山包。
会友贪杯醉，吟诗索趣敲。
开怀风畅也，琼月莫轻抛。

（二）爱怜陇南

秋初多画色，凉气与天遥。
逐路随尘走，烘霞上树烧。
街灯浮幻影，诗客度仙桥。
此处何须语，三千取一瓢。

（三）成县杜甫草堂

柳似摇旗旆，层层醮夕阴。
云依村宅宿，山向路门沉。
草气清堂梦，风声邀客吟。
谁知尘外意，寂寞少陵心。

白龙江畔四首

（一）

夜色亲流水，随香映小亭。
云开楼倒影，风动树筛星。
雁影何时过，秋声此地醒。
仰观河汉镜，可晓众心灵。

（二）

清浊有文章，纷披水一方。
风波云梦俏，尘世菊花香。
承载何须大，多姿且忌狂。
小城山色里，何处接苍茫。

（三）

源生郎木寺，有梦敛群山。
难逐云千叠，时迎月一弯。
尘痕长短合，势相浅深环。
羌水翻花样，忧心守素颜。

（四）

七彩入丰姿，嫣然可入时。
秋山庄并老，羌水惠兼夷。

织女伤心望，牛郎好梦期。

秦风花泪下，片片落仙墀。

红河水库怀古秦皇练马场二首

（一）

翠老林深似护营，遥遥草木尚疑兵。

一场冷雨明天泪，万顷平波隐剑声。

落叶鞭愁人影瘦，狂风语乱马蹄惊。

眼前若是豪华在，又见当年霸气横。

（二）

秋水霞光接塞云，蒹葭势气古来分。

山高彩色城中出，夜静波声耳畔闻。

赐姓皇加人总管，封侯谁任马将军。

存亡好汉千般论，眼望荒场又夕曛。

有感陇南山水游

（一）

清气随人处，看山自笑痴。

登临皆胜景，感慨在秋时。

无谱风弦助,有章诗酒奇。
蓬莱能到否,白水望瑶池。

(二)

竹叶挂斜辉,浓烟上翠微。
江堤云泻浪,亭外树牵衣。
地阔山争立,风翻水欲飞。
蒹葭无限意,时刻扣心扉。

(三)

双屐带红尘,抬头与鸟亲。
云轻居寺古,树少感山贫。
花路争邀客,风松欲护人。
白龙江水响,天影共逡巡。

(四)

行色寻仙境,看山不厌高。
乡村分界划,草木作波涛。
约友铺笺醉,除尘借酒淘。
长吟应放胆,得句与风敲。

(五)

霞云脚下蒸,气动正清澄。
弱水三千里,高楼无数层。

如将诗佐料，且以酒酬朋。
秋不寻常咏，当年杜少陵。

参观礼县秦文化博物馆

戈声早已静秦疆，战死谁知在异乡。
万里船曾沉水底，千军魂也没沙场。
锋车自踏关山地，珍宝明铺大帝王。
细看图中城下路，白云汉水两茫茫。

在西和晚霞湖过七夕节

四处蒹葭正滴青，绕栏堆作画围屏。
云融晚照收荷气，草卷秋声作曲听。
纤手轻姿旋蝶扇，长歌妙趣越桥亭。
谁知绝世风流事，巧女心花系玉铃。

包德珍，网名渔艇丽人，中华诗词学会第二届理事，中华诗词论坛坛主，中华诗词学会研修班导师，海南省诗词学会名誉会长，深圳市长青诗社顾问，黑龙江省作协会员，萧乡诗社、关东诗阵创始人之一。2015年荣获《诗词中国》最具影响力诗人奖。

樊忠英诗词七首

（一）武都桃花会吟句

三月桃花二月开，人勤春早暖天陔。
红云尽缀农家梦，绿柳轻舒仕子怀。
品酒赏花抚幼树，听歌言志步亭台。
桃花善解游人意，笑送清香扑面来。

（二）武都社火

龙腾狮吼闹元宵，曼舞清歌彩扇摇。
竹马摇铃十杯酒，采花担水过南桥。
高跷进退双龙会，芯子来回挑战袍。
载满彩船祥瑞果，和谐兴旺数今朝。

注："十杯酒"，灯曲曲牌名。
"采花""挑战跑"，高跷上化妆的戏曲名。
"芯子"，指铁杆上小孩扮演的戏剧人物。

（三）行香子·蒲公英

蕾绽随风，一任漂游。静悄悄、散落田畴。无争无悔，不计闲愁。喜遇春生，逢暑长，待秋收。

不言荣辱，不拣肥瘦。自逍遥、多少温柔！还给大地，付与江流。赞茎儿直，花儿雅，韵儿悠。

（四）行香子·贺锦屏公路桥通车

熟了蜜桃，红了花椒。转运难、难在行销。隔江道远，辈辈操劳。看雾茫茫，云淡淡，路迢迢。

彩帜飘摇，锣鼓频敲。喊声高、沸沸人潮。抛愁去恨，笑在眉梢。赞惠民策，富民路，便民桥。

（五）江月晃重山·乞巧

淑女凭栏乞巧，芳心跃上碧霄。恭迎牛女过鹊桥，回乡好，共秀家山娇！
巧秀人间梦美，神州更塑妖娆。飞针走线尽风骚，邀新月，敲韵醉今宵！

（六）浪淘沙令·听演唱《高山戏·开门帘》有感

雨霁野花香，霞抹春阳，村姑对镜巧梳妆。浓淡相宜娇模样，秀了山乡！挪步出闺房，欲露还藏，门帘开处见罗裳。击桴同歌淑女梦，共醉抑扬！

（七）望海潮·五凤山远眺

登峰俯瞰，层峦尽览，阶城气象万千。如练白龙，云烟散处，铺开沃土良田。大厦出云端。石栏舒大道，气势空前。古渡南桥，红花绿树画中涵。

风伯撼动松山，正波涌浪滚，欲卷云天。崖下水濂，悬祠红女，恩泽馨暖人间。更有碧桃园。紫气呈祥瑞，群鸽盘旋。一派欣欣景象，风采最斑斓。

樊忠英，1933年生，陇南武都人，毕业于西北师大中文系。中学语文高级教师。陇南市诗词学会高级顾问。诗词作品曾在《陇南日报》《开拓文学》《甘肃诗词》《陕西诗词》《陇南诗词》等刊物发表，有《憩荷斋诗词散曲集》和《憩荷斋诗词曲选》两部著作，部分作品入编《百家教授诗词选》。

黄英诗词四首

（一）老农

空田拾遗穗，忍痛强弯腰。
含笑扶杖起，暮云似火烧。

（二）遥念

鸡啼梦回看小窗，月移花影上东墙。
遥念关山万里外，壮士枕戈守边疆。

（三）晚归

小河流月伴独行，偶遇故人话平生。
避踏落花归来晚，恐伤飞蛾不开灯。

（四）重逢

手捧粗碗喝菜汤，小女家无隔夜粮。
重逢忽然成大妈，健身跳舞奔广场。

黄英，1937年生，字篱野，甘肃省西和县人，西北师大中文系毕业。中国作家协会会员、中国诗歌学会会员、陇南诗词学会原副会长。曾任甘肃省作协理事、天水市文联副主席、西和县政协副主席等职。曾获甘肃省首届"德艺双馨"文艺家称号，被甘肃省委、省政府授予"甘肃省文艺终身成就奖"。

刘可通诗词四首

（一）游朝阳洞

佛家净地鹤回翔，香气氤氲妙严庄。
缘悟前身蠋翳疾，朝阳受戒洞名彰。

（二）游万象洞

万象辄肖乃天工，幻景鸿蒙涓滴功。
冬暖蛰龙蟠伏久，仙源有路缈寒宫。

（三）秋到红女祠

玉砌雕栏曲径幽，经霜红叶满山头。
焚香石窟敲磬鼓，品茗亭楼观瀑流。
真武松涛钟吕响，水帘环佩筑琴悠。
女恩遗爱桃源境，翠袖青衫结伴游。

（四）丁亥仲夏登五凤山

绝顶岚飞铁马鸣，松涛盈耳远山平。
盘桓"五凤胜境"景，碑载甘棠明府情。

刘可通，1946年生，陇南武都人。甘肃省历史学会会员、诗词学会会员，甘肃省文史馆研究员。曾从事教育、金融工作，现退休。曾被聘为"陇南市全民阅读形象代言人"。

赵文博诗词七首

（一）陇南春

春雨润陇南，五彩泼山川。
群山碧若洗，江水绿如蓝。
杨柳染长堤，松柏翠远山。
麦海翻碧浪，桃花羞红颜。
油菜漾金黄，彩楼入云端。
蜜蜂绕佳卉，花椒叶含丹。
燕梭织锦绣，莺歌唱丰年。
雨后陇南春，妖娆胜江南！

（二）礼县祁山堡

三面悬崖一径通，回环汉水向嘉陵。
当年孔明六出进，颂歌一曲唱到今。

（三）官鹅秋色

官鹅十月意无穷，五彩云锦映碧空。
一沟珍珠连成串，十里红叶染苍龙。

（四）两当云屏

山作门户云作屏，观音峡里荡仙风。
果然一方不老地，村村都有百岁人。

（五）武都万象洞

造化神功两亿年，钟灵毓秀孕奇观。
随形赋意三千界，参透沧海辨桑田。

（六）成县下峡樱桃花节感赋

阳春三月意若何？最爱下峡樱花多。
东风浩荡春意暖，一夜吹开花万朵。
青帝春心下帝阙，九天粉黛共赴约。
漫山云霞织锦绣，千树万树灿如雪。
美景惹得游人醉，花海人潮宜放歌。
诗人兴会皆丽句，画家笔底走龙蛇。
忽闻花下笑声朗，始知人在花中乐。
猜拳行令合春韵，俚语乡音咏春色。
欲留春色常相伴，相机咔嚓声不绝。
若得当年诗仙在，醉倒花阴诗满箩。

（七）康县响水泉

一从天际降人间，万丈雪练入响泉。
不恋高处总向下，流入田畴润丰年。

赵文博，陇南师专原党委书记，甘肃省作家协会会员，甘肃省书法家协会会员，陇南市文艺评论家协会主席，出版诗文集三部。

司跃宁诗六首

（一）伫天池岸忆先贤韩公当年考察筹建天池大学事有感

寻幽览胜几盘桓，今日临池吊古贤。
欲种高梧栖远凤，冲寒柱杖欲耕天。

（二）白马山寨欢聚

夜幕降临篝火燃，铿锵锣鼓震青山。
踏歌狂舞池哥昼，白马风情炫世间。

（三）夜宿八福沟

夜宿溪旁枕月眠，呢喃鸟语伴潺湲。
清晨山雨潇潇至，流雾萦门蔽翠峦。

（四）游花桥村感赋

久疑阆苑落人寰，百卉争妍碧水潺。
芳径流香游梦境，方知心醉花桥间。

（五）裕河游感赋

不负春光飨绮情，同仁结伴裕河行。
瀑飞幽谷金猴荡，鱼跃碧潭翠鸟鸣。
村寨簇新人俊秀，茶园葱郁雾回萦。
归途凌顶惊回首，满目青山夕照明。

（六）梅园情韵

拂云沐雨入梅园，天赋娇颜隐陇南。
碧水逶迤衔半月，青山葱郁映龙潭。
栈桥十里穿飞瀑，麻柳千姿掩嶂峦。
莫道桃源无觅处，海棠谷内自成仙。

司跃宁，甘肃文县人，退休干部。曾任中共陇南市委宣传部长、礼县县委书记、陇南师专校长、党委书记。出版作品集《风雨吟啸踏歌行》《清风朗月引吭歌》。

周鹏诗一组

（一）春雨连宵

仲春真好雨，一解兆民忧。
尘洗千山净，禾滋万亩瘳。
烟笼金线柳，河映玉妆楼。
繁蕊樱桃发，芬芳郁此州。

（二）春日即怀

远望屏山雪渐融，春迟律舛夜来风。
失司当祭诛仙剑，渎昼容开射日弓。
天地有条刑不乱，人神既类法应同。
九州舜典今何在？纲运兴隆赖世公。

（三）浣溪沙·春意

峡里山桃急欲开，彤云粉雾满崖隈。武陵人去几时回。
风雨无情悭气运，芳菲有意竞天裁。东君何事更徘徊。

（四）定风波·端午遣怀

一片笙箫共醉歌，莫教独醒弄风波。湘水鱼龙都偃卧，当贺。神州俱道太平多。

佳节江南闻战鼓，争渡。荧屏优孟舞婆娑。惯看佳人珠玉笑，休噪。家邦腋患在东倭。

（五）南乡子·磨墨

朝霁喜熏风。炉烟篆绕气初融。纸润毫柔宜挥洒，从容。却忆弹筝舞袖红。
开砚拂双龙。漫濡轻研试雅功。欲草蛮笺劳雁足，盈胸。怎写幽情梦里浓。

| 周鹏，男，甘肃陇南成县人，成县诗词学会顾问，陇南市诗词学会顾问。

第二章 诗话陇南

赵芳诗词一组

（一）立秋怀远

薄烟飞碧树，秋水也温柔。
诗被风吹醒，相思挂两头。

（二）静美天池

天魏盘九曲，飞马识云台。
薄雾轻纱里，明珠一镜开。

（三）山湾梦谷

岭北秋烟暮，花飞蝶扑寒。
诗心如卷起，长梦住江南。

（四）橄榄心

家有神仙果，玲珑可透心。
秋风吹紫气，如意值千金。

（五）春游成州

洞天窥锦绣，骑鹿向黄花。
人在成州走，常休李杜家。

（六）白马天池

深山藏玉镜，天母一颜开。
白马青稞酒，金珠篝火腮。
情歌云之上，仙气入莲台。
此处多神话，扁舟梦里来。

（七）青泥流韵

盘盘吟蜀道，今古两堪题。
飞鸟难成影，狂人敢揭迷。
锁咽谁折梦，穿甲越青泥。
天岭自调色，娇莺恰恰啼。

（八）陇南市树市花公示即咏

知己有深含，人缘不过三。
春花金玉带，嘉木绿云岚。

常饮白龙水，勤耕陇之南。

梧桐招凤至，君子诺涵涵。

注：春花，指陇南市花"迎春花"，嘉木，指陇南市树"橄榄树"。

（九）题两当县云屏三峡

白纱云帐影迷离，灵秀巍然共出奇。

黑水含烟松碧立，青峰过关画逶迤。

一山分岭噤秦陇，两水开门望蜀旗。

三峡流春逢谷雨，已将仙女化成诗。

（十）白龙江

朝霞映日正当辉，虎啸龙吟丹鸟飞。

风挽流云山顶过，心吹岚气谷间围。

苍穹投影一杯酒，桑梓逢歌千阙衣。

长饮明珠斑驳史，浪拍两岸莳芳菲。

（十一）樱花醉

潜夜来时声默默，月移裙影梦留春。

自成一景画楼外，无憾三生玉骨滨。

总寄香心雷破雨，宛然轻笛曲飞唇。
刘郎闲下无花事，玉笔常勾翡翠人。

（十二）寻梦张坝

微雨如纱陌上行，风竹黑瓦绿苔荆。
小桥缩短乡愁路，青石延长故梦情。
举目望灯谁过客，掬泉响水磨回声。
枣零不见儿时伴，庭院深深湿睫睛。

（十三）诗意油橄榄

——助力乡村振兴，陇南诗词走进陇锦园油橄榄

北山南望两山青，橄榄诗人倍温馨。
独木酌墒情识土，众人调色锦燃屏。
春风常把阶州顾，燕子飞来江上婷。
陇坂明珠南国籽，黄金玉液掌中星。

（十四）清秋应邀参观山湾梦谷兼寄邱本良先生

秋锁青峰雾锁巅，羌风藏影照门前。
车行碧路倚云上，人住晴空枕月眠。

夜阑无声香梦绕，诗情有约雨缠绵。

初心常化山中客，大计兴村一万年。

注：山湾梦谷位于陇南市宕昌县两河口镇山背罗湾村，是陇南市宕昌县乡村振兴旅游形象工程之一。邱本良，山湾梦谷策划打造领军人物。

（十五）兰仓城外花如海
——记礼县"苹果花开 探秘秦源"

半晌风情别样娇，花容新粉醉良宵。

秦池月下春台舞，汉水晴弯玉液浇。

牧马闲人勤种树，烹茶执子肯扶苗。

兰仓城外花如海，秋里风姿更弄潮。

（十六）万象洞歌

滴水成音久积形，飞天揽月画娉婷。

西游同感坎坷路，东遇还邀智慧庭。

沙海梯田金玉柱，犀牛石幔锦云星。

凌空栈道仙宫曲，依佛霞帷紫禁屏。

帘幕垂缨氤气绕，銮光映辉碧环经。

藏龙卧虎八千岁，养凤修容九万龄。

针顶乾坤心熠熠,月含神兔桂馨馨。
南溪有女浣衣响,北郭闻莺啼偶吟。
冬似温泉烟做景,夏如冰鉴雾消零。
习风自是仙风送,仙界原来凡界行。
鬼斧能开尊享地,巧工不难雀之翎。
逍遥一度诗中客,任性三分槛外人。
钟乳瑶池祥纳瑞,莲灯圣火吉生灵。
蔚为观止多奇幻,万象纷呈洞之冥。

(十七)白龙江廊桥　卜算子·梦续廊桥

——2020年冬月初三天骄生日记白龙江廊桥正式通行

玉宇琼楼中,如意廊桥起。摇月生成波底影,人在诗词里。
雁过总留声,君渡龙江水。鸟迁乔枝喜飞腾,还顾阶州旖。

(十八)临江仙·七夕声声慢

何处歌声凄且婉,唤来长夜心凉,谁将思绪久收藏?花容微带雨,西汉水流殇。　常向银河淘往事,蒹葭碧草茫茫。两情相守又相望,晚霞湖为证,明月誓中央。

（十九）江城子·橄榄之城

白龙江畔雨初晴，绿莹莹，莺声鸣。云过影婷，朵朵笑盈盈。南岸有都平地起，油橄榄，建新城。　　龙头企业步征程，福民生，共峥嵘。国内有形，国外享飞腾。南风吹过老岁月，同饮酒，结联盟。

（二十）凤凰台上忆吹箫·秋风裕河

踏叶听风，拾阶慕古，流泉落瀑回声。青石上，天开画印，八福分程。曲径通幽栈道，木末响，妙玉环生。流光转，红黄紫映，山悄稀鸣。

岁月懂了闲客，寻此处，悠然空绝魂惊。洞天外，禅潺解语，万壑心宁。老屋留人常驻，吊锅里、野味频烹。逍遥境，裕河不负真行。

（二十一）兰陵王·廊桥夜话

影如幻，船泊白龙升玉琯。廊桥上，织女牛郎，宛若淮河上林苑。此景成画卷。谁做易安把盏。清词里，独钓芳华，可上兰舟摘红冠。

江风握亲眷。翘檐舞云端，寻个新鲜。流光惊梦声声慢。若非意阑珊，步徊顾盼，素袖盈香鹧鸪唤。佳人觅良伴。

留恋。不知返。醉眼已纷纷，却把情浣。那年花谢为谁叹。弄梅闻清味，温柔不断。看阶州夜，应是灯火照华岸。

（二十二）满江红·魅力陇南

十载青春，高帆挂，凛然正气。扶贫路，科学引领，干群同济。敢立潮头推巨浪，且将寂寞当知己。万里路，风雨舵平衡，英雄泪。　　一江饮，群溪慧。生死弃，公心佩。青山立高志，绵延奇丽。碧水清流疏道远，乡村回望多旖旎。脱贫去，煮雪话梅时，千秋魅。

（二十三）特色扶贫陇南歌

天晒阳光地晒椒，红红火火陇南瞧。
旅游发展辟新路，产业扶贫易旧谣。
奋进相呈多特色，家业彰显竞妖娆。
干群同把山乡绘，圆梦康庄自傲娇。

赵芳，女，笔名天骄，号千古绝唱。甘肃陇南武都人，大学本科，教师。中华诗词学会会员、中华楹联学会会员，诗刊·子曰诗社社员、中诗协理事，甘肃省诗词学会常务理事、陇南市诗词学会常务副会长兼秘书长、民盟陇南市委员会作协副主席、陇南市新联会艺术部副主任、武都区诗词学会会长、武都区朗诵艺术家协会主席、《陇南诗词》主编、陇南飞歌艺术团名誉团长。作品散见于《中华诗词》《诗刊·子曰》《当代中国诗词精选》《中华辞赋》《人民文艺家》等报刊，著有个人诗词集《天韵流芳》，系歌曲《你是白龙江》词曲原创人。

刘雁冰诗一组

（一）

周遭草木繁，远望有灵山。
此地人多寿，醴泉傍祭坛。

（二）咏雪岭神泉

年年三月三，雪岭祭神泉。
此水多灵秀，斯民少智残。

（三）康县山根梦谷

山根营梦谷，长坝有桃源。
翠鸟鸣幽涧，清泉绕竹轩。
弈棋寻古道，品茗忆前贤。
落叶西风下，骚人兴致宽。

（四）九台春酒厂采风

芒种赴甘江，骚人会酒乡。

开怀倾绿蚁，满面泛红光。

久别思亲故，相逢话短长。

莫言身外事，且尽手中觞。

（五）咏陇南油橄榄

源于地中海，落户白龙江。

春到花如锦，秋来果味香。

陇南适宜地，市树美名扬。

此物浑身宝，延年益寿长。

注：2020年油橄榄树被评定为陇南市"市树"

（六）宕昌行

雷古陇南峻，宕昌西北雄。

官鹅天下秀，哈达史诗红。

风雨羌邦破，沧桑蜀道通。

草原春绿绿，花海色丰丰。

云寺对高庙，山湾赏赤枫。

风光观不尽，百里画廊中。

（七）红军长征甘肃南

勇士长征甘肃南，夺关打匪越岷山。
旋窝绿叶哈达铺，休整将息大草滩。
报纸一张知陕北，清溪河畔起诗篇。
三军直向秦川去，吴起镇前会志丹。

（八）醉美成州

成州自古米粮川，美酒香飘数百年。
杜甫行吟同谷地，凤凰台下赋诗篇。

（九）成州红川行

自古成州酿五粮，曾教杜甫赞琼浆。
酒逢故友红川醉，琴对知音绿蚁香。
醇厚招来天外客，真诚送去陇南觞。
而今盛世无饥馁，把盏中华颂小康。

（十）栀子花开

伏天七月盼清凉，栀子花开满室香。
一朵白云出林岫，三千葱翠望霓裳。

（十一）山湾梦谷

曲路盘盘异境开，云山如画醉仙台。

清幽梦谷风光好，不尽游人络绎来。

（十二）夜宿宕昌山湾梦谷

曾因地僻路难行，今至桃源步履轻。

醉卧山湾秋雨冷，欣然一觉到天明。

（十三）登山有感

日日登山不厌山，层层踏步入云端。

沿途草树风中动，举目羌城山水间。

（十四）有感于宕昌县环境卫生大整治暨官鹅沟国家5A级景区创建活动

风光秀美客源多，环境优良万事和。

创建五A凭众手，同心美化大官鹅。

（十五）"墨染樱飞，醉美两当"

樱花时节拍娉婷，号子声中感空灵。

红色两当激斗志，葱茏三峡恋云屏。

山珍野味香难忘,篝火锅庄舞不停。

仙酒一杯醉山水,诗情万缕久幽馨。

注:①号子,指两当省级"非遗"——两当号子。

②三峡,指云屏三峡之土地峡、观音峡、西沟峡。

(十六)云屏三峡采风

为报盛情重进沟,骚人拍客结同游。

神龟隐现双峰耸,蜀道蜿蜒三峡幽。

长寿村头银杏老,莲花石上岁纹悠。

一杯清酒红歌起,笑语欢声久不收。

(十七)咏樱花

春来灿若霞,秋后叶堪夸。

本是扶桑种,神州处处家。

文川,本名刘雁冰,中华诗词学会、中国毛泽东诗词研究会会员,《诗刊·子曰》诗社社员,甘肃省诗词学会理事,甘肃省作家协会、甘肃省楹联学会、陇南市作家协会会员,陇南市诗词学会副会长,陇南市影视家协会副主席,宕昌县诗词学会会长,《哈达铺》副主编,2011年出版作品集《文川诗文选》。

鱼树雄一组

（一）武都瑶寨沟

乘兴逛青山，闻香绿水潺。
抬头观彩岫，悬瀑泻斑斓。
瑶寨农家乐，深沟野趣还。
村鸡炖土豆，生活好休闲。

（二）文县天池

酣然观海子，满眼白云轻。
倒影蓬莱趣，浮尘梦幻惊。
千寻临胜地，万籁静无声。
掬水瞅人世，修心莫枉行。

（三）张坝古村

一首相思曲，千年陇上留。
藩篱藏世界，飞榭隔春秋。
宕宕清溪淌，依依古道游。
觅寻闻绝响，张坝寄乡愁。

（四）康县梅园客栈

小桥流水访农家，栈道鸡糜石径斜。
霞蔚噙云凝夜蕊，林荫滴露掇晨花。
枝头宿鸟鸣清静，域外游人趁空暇。
最是殷勤村老早，阳台煮沸翠峰茶。

（五）声声慢·西和晚霞湖

诗心渐静。酷暑湖风，缠绵顾盼倒影。醉吻莲香，轻羽振弦调罄。微风款款碧伞，好是那、玉娘朝圣。望远处，白云移，水面泛光如镜。　　信步环廊寻咏。携伴侣、闻香晚霞幽径。密树嶙峋，但见几多至性。嘤鸣岸边小鸟，吐心声、尽是憧憬。竟惹得，瘦石傍、吾共酩酊。

（六）莺啼序　陇蜀之城陇南市

嗟乎世间造化，想安宁致远。古今事、人祖羲皇，上古文脉繁衍。杜工部、由秦入蜀，秦州杂咏堪稀罕。念村情民俗，声声尽成嗟叹。

陇上江南，深山僻壤，正熏风呼唤。富民梦、孵化车间，电商蜂拥特产。借荧屏、花椒橄榄，物流送，网红夸遍。最光荣，革命会师，两当兵变。仇池古国，乞巧遗风，晚霞映湖畔。致富路，康养文旅，万象奇观，妙趣横生，梦萦茶苑。金徽美酒，青泥古道，皇陵非子兰仓灿。醉天池、冰雪官娥曼。阶州湿地，钟楼五凤朝阳，翰墨遗迹人羡。

抟人造物，耕读传家，尽古风向善。学史籍、文明传遍。养殖牛羊，精准扶贫，千秋贡献。勤劳建设，乡城楼阁，山川沟壑重新写，醉新篇、田亩莺鸣啭。人民已醉心情，放眼葱茏，小康九县。

鱼树雄，网名仇池一叟，甘肃省西和县人。中华诗词学会会员，甘肃省诗词学会理事，陇南市诗词学会副会长，西和县诗词学会会长。

秋雨诗词一组

（一）洮坪姊妹峰（新韵）

汉家两女水芙蓉，书画琴棋百样通。
藐看钱财如粪土，笑谈权贵虎狼形。
山盟中意胞兄弟，海誓珍惜姐俩情。
西口淘金徒步远，归来只见姊妹峰。

（二）垂柳篱墙百姓家

垂柳篱墙百姓家，男耕女织种桑麻。
晨犁浅露深耙地，午冒骄阳灌豆瓜。
春牧鸭鹅锄薤韭，夏携娇小采黄花。
扶童敬老谐妯娌，邻里姨翁竖指夸。

（三）菩萨蛮·诗画廊桥（新韵）

琼楼玉宇廊桥卧，熙熙攘攘游人过。踩碎影无痕，仰观峰入云。
桃扇花半影，梦幻当年景。信步度长亭，流连诗画情。

（四）采桑子·凤鸣三县梁

一梁锦绣横三县，彩凤盘桓，鸣意流连，尾羽空留去未还。
风情宛若瑶池景，绚丽斑斓，葱翠绵延。歌罢凭栏亦释然。
三县梁位于甘肃省礼县固城乡与甘谷、武山交界处。

（五）少年游·春游秦皇湖

秦皇湖碧映蓝天，梅谢柳生烟。
风轻云淡，游人惊鹭。犁浪小帆船。
系舟上岸频回首，阡陌意缠绵。
细叶谁裁，万条摇曳。归燕旧巢喧

（六）少年游·康县阳坝生态园

崇山千仞路岖盘，锋剑入云端。淙淙流水，群山皆绿。林密鸟嚣喧。
天然氧吧松涛聩，飞瀑润茶园。古道罕迹，竹廊洁净，骚客等非闲。

（七）少年游·静美天池

风轻云淡碧波湫，王母浴巾收。恢宏遒逸，平畴千里。苍翠醉深秋。
叠峰壑路婆娑影，烟锁更风流。骚客流连，望池兴叹，回首月如钩。
家乡俏，回眸陇上，圆梦劲帆扬。

（八）采桑子·金马池

扶摇直上云天外，一路遐思，如画如诗，嵌入云端金马池。
群山环绕千般景，芳草春迟，秋叶霜知，冬夏风情墨客痴。

（九）采桑子·凤鸣三县梁

一梁锦绣横三县，彩凤盘桓，鸣意流连，尾羽空留去未还。
风情宛若瑶池景，绚丽斑斓，葱翠绵延。歌罢凭栏亦释然。
三县梁位于甘肃省礼县固城乡与甘谷、武山交界处。

（十）采桑子·秋夕（新韵）

秋风画扇纤云渡，烟雨梧桐蛙唱蝉鸣，乞巧情怀万古青。
银河多少离别泪，惜悯瑶琼，默许心声，祈愿仙桥络绎情。

（十一）少年游·山湾梦谷谱新曲

流纱萦绕岭含羞，天路渐呈秋。竹楼拾趣，牧歌羌笛，清酒味绵柔。
人文古朴遗风远，羌俗影臻留。凤凰涅槃，古弦新韵，圆梦曲同讴。

（十二）少年游·永坪年家村万寿菊种植园

仙姿憨态沐朝阳，丛碧巧梳妆。萌蕾生彩，娇枝还嫩。羞却不张扬。
竹篱深处黄金铠，天际在何方。竞艳争奇，雅名长寿。十里淡清香。

（十三）鹧鸪天·苹果花似锦（新韵）

百亩繁花似雪飞，流连游客不思归。今非昔比天嘉地，锦绣河山沃土肥。
西汉水，却难归，润泽秦土蕾苞菲。果销海外和华夏，燕舞莺歌绿蕴晖。

（十四）减字木兰花·康县花桥景点

千藤万挂，神笔难描山水画。仰慕花桥，望子关南十里遥。
悬梁幻厴，依势阁楼承古韵。宾至如归，旧貌新颜展翅飞。

（十五）山花子·赞康县杨坝茶园

古道悠悠细雨绵，婆娑碧浪入云端。放眼茶林雾环绕、似连天。
淡色嫩芽含露采，慕诗香叶韵明前。庭院玉壶香四溢、不思还。

（十六）诉衷情令·盐官盐井遗址（新韵）

西垂问道卤城滨，烟雨示残春。过桥穿巷寻觅，祠庙寄盐魂。
方井口，丈余深。古碑云。满而横溢，遗迹空留，谁蔽其荫。

（十七）青玉案·西和乞巧

天衣云锦花铺路。乞巧节，天仙女。乞巧百般皆赋予。坐迎娱送，绿橙红紫，七日欢歌舞。　　西和翡翠黄金缕。演绎心灵最深处。五谷奉神敲大吕。爱情针黹，丽容慈善，一为君留住。

（十八）八声甘州·唐王村故事

看春风化雨柳如烟，阵飘菜花香。路穷峰回转，疑临九阙，魂梦山庄。

到处莺歌燕舞，碧水映朝阳。惟见农家院，青瓦红墙。

问祖流长源远，两姓迁此地，名曰唐王。纵观非昔比，巾帼巧梳妆。

话今朝、人间天上，特产丰、精品质优良。抛穷帽、举杯同庆，跃马鞭扬。

（十九）八声甘州·康县采风印象

看斜阳、古道似连天，两边黛如烟。鸟啼林百啭，松涛荡漾，青果秋千。山半榴红绚烂，楼外柳鸣蝉。翠叶随风舞，墨客流连。　　如意农家，同筑梦、干群携手，跃马扬鞭。户户谋发展，村社共攻坚。唱凯歌、曲高和奏。令人迷、时代色彩斑斓。频回首、难离梦幻，唱晚航船。

秋雨，原名苏美蓉，女，回族，陇南市礼县人，中华诗词学会会员，甘肃省作协会员、甘肃省诗词协会会员，礼县诗词学会会长。2015年"国粹杯"全国诗词大赛一等奖，著有诗集《兰仓秋雨文集》《秋雨清韵》。

第三章 生态陇南

赵芳·生态陇南

（一）

千里白龙驰，蒹葭古国诗。
晴光翻鹤影，幽谷抱兰芝。
放眼丹青绘，凭栏烟雨思。
春风开画卷，冬雪化天池。
茶马康城路，阶州橄榄枝。
云中雷鼓乐，仙外雄黄知。
一起采桑子，家家大作为。
陇南多锦绣，羌笛更传奇。

（二）扶贫写意

青山绿水多，加马竞婆娑。
精准扶贫路，人生一首歌。

（三）橄榄心

家有神仙果，玲珑可透心。
秋风吹紫气，如意值千金。

（四）花椒吟

高阳开黑子，红缎晒云裳。
巧女指尖诱，麻钱舌底藏。

（五）武都大红袍

桌上萌芽入味新，晴光山外绝红尘。
遮天碧叶护家刺，入伏红袍养目神。
陇上江南多靓袖，电商客旅少闲人。
色香功本不愁嫁，北调南腔四季亲。

（六）苹果梦

滚滚红尘里，兰苍一颗心。
千山追大梦，弹响小康琴。

（七）苹果花（新韵）

谁点香腮一粉开，红颜欲醉倚君怀。
芳龄已解东风意，只待佳期入梦来。

（八）兰仓梦

秦皇故里正飞花，红袖翩翩舞翠霞。

大梦初晴天不老，千山明月照农家。

注：兰仓为陇南礼县之旧称，礼县苹果驰名中外，属礼县扶贫圣果。

（九）成州核桃

八月出成州，泱泱四海游。

点兵无弱将，名利照春秋。

（十）茶乡陇南（古风）

仙山吹岚气，新芽弄素指。

精准脱贫路，家家筛福诗。

（十一）裕河春

微雨洗纤尘，云山几度新。

壶开香茗启，唇齿自相亲。

注：裕河春是陇南名茶品牌之一。

（十二）陇上茶韵

碧色倾情一季春，馨香不仅逸红唇。
闲壶能度仙山事，料卧清风缕缕真。

（十三）裕河茶侣

谁惹心弦舞翠微，翩翩如蝶共茶飞。
夜临天籁听风语，一往情深不肯归。

（十四）玉楼春·裕河茶韵

几度行云寻丽影，泉水泠泠瑶草径。福临幽舍一壶开，鸡唱柴门三界醒。
花落南桥尘念静，闲情把杯新月请。小窗摇去夜无声，素笔留香诗酩酊。

（十五）千年药乡

本草中医国，生态陇上新。
五千年一梦，还做贵中宾。

（十六）康县木耳

新耳灌新雷，清风古木催。
品高盘自尚，珍味入华台。

（十七）香菇

调汤入味新，幽野富村民。
黑伞遮阳厚，春山一贵宾。

（十八）金耳

丰耳吊金环，春心绾髻闲。
贵人尤爱之，如意赏伶颜。

（十九）春苗

春风剪嫩枝，新嫁正当时。
科技育苗圃，山川锦瑟怡。

（二十）武都崖蜜

皇家珍御品，清气亦芳容。
常住高崖上，花间访蜜踪。

（二十一）武都龙凤鸡

龙凤共呈祥，红冠始向阳。
高枝迎一曲，金蛋满山冈。

（二十二）生猪

开拓扶贫路，天蓬队伍中。
三餐糠有味，冬素价肥丰。

（二十三）话牛

嚼闲思老屋，天地共勤耕。
岁月长如画，春风度弟兄。

（二十四）话羊（古风）

绿坡上云朵，餐盘里肉香。
新时代致富，大棚下话羊。

水调歌头·生态陇南（新韵）

张国泰

日暖千山碧，月洗半天纱。白龙天外飞至，卓玛献哈达。左见鸡峰耸翠，右见天池开镜，碧口吐丹霞。天上人间事，乞巧看娇娃。

谋发展，可持续，利无涯。青山不老，重刻石壁颂西峡。绿了春茶片片，红了秋椒点点，岁岁有钱花。美丽中国梦，生态陇南夸。

水调歌头·题两当国家生态文明示范县

杨 荣

才下桦林岭， 又到凤凰山。 一轮红日初升， 仙境在人间。 千树红花争艳， 万里东风招展， 春画柳当先。 新燕舞阡陌， 飞鸟越峰巅。

雾里花， 云头月， 水中天。 群峦何必争翠，旧貌换新颜。 莫叹风光无限， 只觉红旗更艳，产业绿占全。借问是何处？ 生态两当县。

生态陇南

张付成

防污福惠利民康，绿水青山圣女装。
橄榄花椒惊世目，得天独厚五云乡。

西和八景之云华山

牟耀武

香烟缭绕古名山，庙宇庄严峰顶盘。
静立天桥观万象，神游物外乐陶然。

陇上家园（新韵）

谭利明

曦出陇上罩云烟，眼里忽然似玉山。
脚下乘风身有翅，欲辞俗世访神仙。

沁园春·官鹅沟冰雪旅游节

文　川

雪覆西羌，冰饰寒沟，正值严冬。望山山岭岭，白白净净；沟沟壑壑，熠熠琼琼。雪塑千形，冰雕万象，如画如诗醉旅鸿。临幽谷，叹天然造化，巧夺天工。

霜沟魅力无穷。引多少游人往里拥！惜官珠鹅嫚，两情相悦；传奇故事，凄婉恢宏。谷里风光，心中情愫，牵手双飞爱意浓。宜早去，到官鹅滑雪，绽放童容。

故宅新容

庞学先

故宅山巅坐，驰车达八方。
清泉明似镜，草舍换楼房。

江南春··陇南镡河古渡口

董志刚

烟散去，水环流。犀江胜景收，横渡不需舟。扶贫开发虹桥架，妍丽乡村随性游。

白龙江畔住天鹅

刘清宇

风清气爽鸣天籁，玉水金山绘画廊。
生态陇南环境美，天鹅结伴白龙江。

官鹅冰雪旅游节

彭彦平

花木逢冬已半凋，暂将心事付琼瑶。
且行且住留真影，闲掷闲抛过板桥。
流水无弦歌欸乃，湖山有梦赋逍遥。
官鹅冰雪清凉境，不负华灯白玉雕。

游硬坪草原

范小灵

绿草茵茵映夏花,游人酣饮日光斜。
牧归村落炊烟起,串烤醇香散入家。

山水陇南

王文伟

万壑流溪绿大千,苍茫雾海接蓝天。
鱼龟藓石追生草,鸟兽苔林饮老泉。
畴亩长河舒玉带,乡村修竹隔青烟。
金秋落木归幽处,红叶新庭坐寿年。

过铁笼山

赵晓滨

飞车笑语穿危峡,叠嶂惊心扑面来。
路绕羊肠依绝壁,身临铁笼赞雄才。
干戈云起千年后,阡陌天连万象开。
四野青青苗竞秀,幽居尘外似蓬莱。

鹧鸪天·生态陇南

姜　毓

陇上天然制氧坊，千年古道便通商。南椒艳艳红中外，北果甜甜销四方。茶馥郁，酒醇香。羲皇故里药之乡。一区八县齐携手，再铸辉煌谱乐章。

陇上栖白鹭

王淑芳

陇上城西一小河，波平草翠落天鹅。
如仙靓影翩跹舞，更胜江南骚客歌。

生态陇南

高永久

丛林翠竹鸟翩跹，流水潺潺瀑布悬。
隐约银蛇腾碧树，灵光红鲤绕清泉。
熊猫自在村中度，猴狒逍遥石上眠。
美景终圆陶令梦，桃花源里漫炊烟。

陇南酸菜

廖 进

陇南山菜制佳浆,酝纳青疏味绕梁。
鲜韭一刀红辣炝,蒜蓉几瓣齿唇香。
春和槐饼消炎暑,秋撒汤鱼沐暖阳。
化腻舒身乡恋解,清心酸爽韵回肠。

生态陇南

何水长

牛蹄关隘有神传,大脚仙痕烙石躔。
披采朝阳松浪滚,清溪云影水漪涟。
巍巍铁岭香花嫩,靓靓村庄碧果鲜。
隆兴涧沟通快道,树枝伸展绿山川。

鹧鸪天·仇池胜览

鱼水翔

福地仇池胜景观,绵延巴蜀入云天。佛龛造像八峰秀,神话传奇九眼泉。
云华翠,晚霞烟。民风淳朴几千年。先秦乞巧驰中外,溯洄蒹葭汉水源。

琵琶古镇赞

王得虎

小镇沧桑越百年，抛开往事谱佳篇。
古时脚马渡茶道，今建飞虹贯蜀川。
墨瓦白墙村郭美，青山绿水好园田。
万余儿女蓝图绘，再立新功我当先。

生态西和

鱼夏雄

满目风光一望收，青山秀水荡心舟。
仇池郁郁连天翠，西汉滔滔遍地稠。
北果南椒成产业，朱甍碧瓦小洋楼。
如今四海多归客，世外桃源更别求。

生态陇南（新韵）

方小龙

陇上千山秀，城乡满目春。
眼前叠翠影，心底贯乾坤。
远眺一堤柳，长隔四野村。
几年新变化，一睹近黄昏。

生态陇南同谷陈院农家乐兴题二首(新韵)

成小毅

一方净土惹人游,清野习习去闷愁。

通楚桥头拍倩影,汉河已将美颜投。

生态陇南(新韵)

苏军锋

层峦叠嶂四时青,一水三江映斗星。

生态陇南何处是?邀君碎步览芳容。

注:斗星,北斗七星,借指繁星。

生态陇南

朱锦华

陇南成州山川美,鸡山草堂西狭来。

无限风光随处在,裴公湖里映天开。

满庭芳·礼县翠峰

王建花

山托微云，水接甘露，碧峰无限清幽。鸟鸣深涧，松影钓银钩。徒步登临最好，又何必、望断层楼。携亲友，兴高采烈，一览解千愁。

悠悠，因去处，春心欲动，眉黛娇羞。更有莺啼早，吹散浓忧。应待黄昏浅睡，满目翠，仙气存留。斜阳外，朱红点点，词里下扬州。

游宕昌

申军燕

纪念长征哈达铺，宕昌高庙望鹅沟。
千年栈道雄关渡，万里悬崖绝壁悠。
化马清泉依旧在，村旁神石话春秋。
秦腔社火花灯会，古老民风神话留。

生态陇南

周礼明

瑶池落门前

生态和谐水鸟多，夕阳垂钓满塘荷。
能源蓄势瑶池造，翠竹兼葭两岸波。

浪淘沙·朱家沟

朱艳秀

涧水拨幽弦。曲意缠绵。朱家大院石阶前。客歇廊桥言旧事,感慨千千。历尽苦和难,好景初还。风轻云淡享天然。民俗融和诗画意,正谱新篇。

陇南生态

罗润泽

东倚秦峦下接川,彩云片片衬蓝天。
随心水鸟常招爱,无处山花不惹怜。
绕白龙江三里柳,盘青泥岭一分烟。
游人搔得乌丝尽,万句千言说不全。

西狭颂

鱼夏雄

天井山奇绝,摩崖巨笔神。
龙潭烘月影,鱼窍响河鳞。
陇蜀千年道,春秋几度尘。
仇公歌太守,功德诏今人。

游云华山

鱼夏雄

一线天桥万仞山，云华孤耸望难攀。
登临绝顶频频顾。览尽风光慰我颜。

端午节晚霞湖笔会感吟

鱼夏雄

莫道端阳节事忙，随风着意赏湖光。
飞舟惊起千重浪，曲岸空闻一缕香。
满架蔷薇添乐趣，数杯浊酒壮行囊。
诗成载舞歌明月，半是痴情半是狂。

古韵陇南

罗愚频

古雍城遗址

周陵秦殿草萋萋，野老茶余话鼓鼙。
怅望汧河无限意，浓云薄雾几多迷。

耿杰诗一组

铁山

（一）

万仞凌云汉，登临敢为雄。
玄天陇蜀路，商贾楚吴通。
幽涧藏麋鹿，岩松迎旅鸿。
弄弦青石上，醉卧酒三盅？

（二）

未上铁山顶，先闻太和钟。
处机修练地，野菊润盈胸。
神爽猿猱健，歌轻涧壑重。
仙人乘鹤去，此界或能逢？

（三）

铁山为绝隘，吴玠狙番邦。
驱敌向青岭，扎营依峡江。
屯田粮草足，激战贼人降。
锣鼓旌旗展，徽醪饮万缸。

（四）

挥笔铁山赞，愚顽强赋诗。
胸中无点墨，梦里却萦思。
岁月逾千载，谪仙归昔时。
鬓斑怨学浅，光景岂能追。

（五）

青泥浓雾醉，岚岫铁峰飞。
横笛流觞韵，呼风拂羽衣。
乱花迷草径，山影沐斜晖。
古寺栖僧舍，听禅不思归。

（六）

诗圣铁山过，成州别草庐。
江堤扶稚子，仄径累颓驴。
污渍沾青褛，汗流侵破裾。
衰颜天府望，短叹又长嘘。

（七）

醉卧铁山顶，吟诗舞剑娱。
九州寻胜迹，宦海建通途。
江右千金散，河池万斛沽。
名篇传后世，天地一冰壶。

（八）

铁峰云汉矗，登顶有长梯。

残庙危岩坠，幽林翠鸟啼。

野藤风卷乱，修竹叶摇低。

子美尝游历，嘘叹更楚凄。

（九）

河池风日好，景属铁山佳。

冬看岩头雪，夏听沟底蛙。

亭轩临绝壁，奇树屹悬崖。

牧笛奏春曲，飞花满绿阶。

（十）

诗仙铁峰饮，邀月举银杯。

文思如泉涌，徽醪为触媒。

晴岚观幻海，雨庙听惊雷。

一朵心莲绽，烦纡化作灰。

耿杰，男，甘肃陇南徽县人，徽县榆树乡党委书记。陇南市诗词学会理事。

第四章

红色陇南

纪念为党的事业英勇献身的英雄战士们

鱼树雄

碑前含泪祭，鲜血未空流。

肝胆凝千古。锤镰已百秋。

英名青史贵，伟业小康讴。

使命开宣誓，初心振九州。

纪念成徽两康战役胜利

郭　军

成徽康两赤旗翻，红二神兵战陇南。

赤胆横戈途漫漫，敌酋遣将目眈眈。

千峰百壑闻秋角，廿日三军走陕甘。

捷报频飞疑叶落，会师北上美名谈。

万里春·陇南诗词"重温党史、重走红军路"

赵　芳

仙风圣境，正樱花春景。广香河，水韵流香，帜高旗舞岭。

重拾红军影，走红路，少年成城并。耀中华，大地祥和，志真精神领。

红色陇南

赵金贵

卜算子·旗卷哈达铺

沧桑一百年，回顾长征路。天险雄关号犹甜，铁马金戈处。

一二四面军，旗卷哈达铺。航向探寻大公报，陕北挥师去。

两当兵变纪念馆

张庆中

义旗曾映广香河，甘陕英雄谱浩歌。

惩腐摧枯开大道，拯民救国起清波。

初心永续如磐石，宗旨长存似首禾。

业绩常新滋沃土，青山不老自巍峨。

红色陇南

田雨燕

陇原大地骋英雄,峻岭崇山勒战功。
哈达铺前旗帜艳,摩天岭上杜鹃红。
一心承继灯和火,千里闲看雨与风。
云物昭明天昊昊,烟光骀荡气融融。

谒龙池湾烈士陵园

董少文

缅怀忠烈事,感念谒龙池。
热血酬奇志,丹心映战旗。
英雄浩然气,天地太平时。
华夏复兴路,乘风共赴追。

红二方面军龙池湾战场寻吊

刘有生

当年北上壮长缨,铁马冰河万里程。
奇出川西几度苦,转征陇右一番宏。
鏖军漾水播星火,失臂龙池传福生。
弹洞任凭多后辈,秦源千载念先英。

注:福生,晏福生,时任红二方面军16师政治委员,龙池湾战斗负伤后失去一臂。

满江红·龙池湾烈士陵园(柳永体)

王建花

尘土弥漫,荒郊外,千骑攻虐。极目处,长河浩荡,兵家城郭。二万里长征草地,八千株翠柏盟约。斩余孽,英勇献身间,星河落。　　尸骨在,崇山托。英名在,丰碑凿。叹江山如画,皆承前诺。洗却恩怨情与恨,百年业绩今非昨。愿先驱,瞑笑九泉中,青松阁。

拜谒龙池湾烈士陵园(新韵)

马　娃

龙池湾里葬真龙,一战博得万古名。
君为升平历九死,臂因感染断三肱。
莫言名利关关险,何惧人心处处坑。
壮士成仁沙场上,岂因福祸苟残生。

注:断三肱句,指宴福生,左齐和彭清云将军。也代指龙池湾战事。

满江红·谒两当兵变重走红军路（新韵）

杨　荣

晨雨初收，樱花美，醉因樱惹。粉似画，旭阳如血，万千春色。
组队前行兵变地，粼粼细水河开阔。纪念馆，肃穆敬英贤，国歌乐。
低头看，红军锅，怀先辈，开先河。红色传万代，定力难扼！
不变初心兴中华，红色福地从天落。新时代，阔步向前行，胸怀豁。

临江仙·建党百年颂

董少文

忆昔茫茫黑夜，人民灾难重重。南湖船上誓言衷。伟人挥巨手，华夏立苍穹。
深海蛟龙游弋，嫦娥邀转星空。初心常在竞英雄。千年逢盛世，万里荡旗红。

庆祝中国共产党成立100周年

桂昌生

南湖宣誓壮，百岁历沧桑。
转战赢遵义，沉浮到井冈。
长征争胜利，改革著辉煌。
不忘初心志，振兴再启航。

建党百年庆

杨雄英

重温党史忆先贤，万里征程志愈坚。
锦绣河山强国梦，辉煌再创百年篇。

建党百年颂

池明赟

寒夜降繁霜，饥民欲断肠。
得春逢新雨，破晓见明光。
雾散山河壮，云开日月长。
百年圆大梦，雄起立东方。

西江月·建党百年颂

张玉庆

星火南湖秘点，征途九域伸延。革除旧制舞神拳，驱寇攘奸善战。
华夏天翻地覆，百年锦绣河山。践行使命谱新篇，东方之珠璀璨。

心里话儿献给党

张国栋

嘉兴红船党领航,乘风破浪向东方。

波澜壮阔百年史,不忘初心有担当。

庆祝中国共产党成立100周年(新韵)

马成龙

万里山河万里红,百年风雨九州同。

中华复兴千秋梦,不忘初心再远征。

满江红·建党百年贺礼

鱼水翔

巨变沧桑,逾百载、风云涤荡。笃信仰、燎原星火,斩荆劈浪。革故裕民天地覆,励精图治乾坤朗。举锤镰、热血铸鸿猷,英明党。

开盛世,追理想。櫂发展,櫂云舫。纵横征寰宇,披靡皆向。一柱擎天昌国运,千年典籍心灯亮。好舵手、赤日耀长空,雷天壮。

注:雷天壮;天鸣雷万物生长,刚壮有力,为正大光明之象。

纪念中国共产党成立100周年

阿　丑

红船星火燎原风，救国精神志愿同。

南昌城中枪炮响，井冈山上战旗红。

长征历史惊天地，革命潮流泣鬼雄。

继往开来跟党走，人民幸福九州隆。

水调歌头·百年历程

袁沁哲

签约南京始，抱辱亦休戈。南湖一梦觉醒，从此放豪歌。赤水迂回绝唱，凭报挥师陕北，万马保黄河。三战江山定，十月鼓金锣。

风雨路，探十载，岁蹉跎。改革号角，寒风化暖涌洪波。为梦承前启后，阔步崭新时代，惊喜月嫦娥。自走神州路，赫日映山河。

张泓组诗

游青泥岭

（一）

闻说青泥意喧喧，晨起登临路几盘。
同游吾党二三子，共醉山中五月天。
危崖侧畔寻鸟道，烟霭深处辨禽言。
几多雉鸡脚下起，何处莺燕头上飞。
痴看村姑采药去，闲望山翁驱犊归。
云树缈缈高复下，幽径盘盘萦转回。
苍松孤傲睨红日，乱云含情拂翠薇。
山重水复十里路，花掩芦封一鸡啼。
倚槐细辨旧来扉，挥杖笑指小桥西。
最忆溪畔青青柳，送人出村尚依依。
噫嘘高歌兮兴悠悠，诗圣足迹信可留。
青泥山中一日游，洗却樊笼半年愁。

（二）编纂《抗震救灾志》感赋

破卷昏灯又几年，许将心血铸长编。
回眸惨象犹如昨，遥望丘墟已成烟。
笔端蘸血书青史，瀚海撑舟向远山。
坠绪茫茫谁理解，深宵抚案意愀然。

（三）夏日乘至青泥河村

车行深岫里，起伏似波涛。
青果敲头痛，藤萝绊脚牢。
云影溪边动，夕阳岩后高。
树荫人语响，小径鸡啄毛。
敞院晒新麦，老妪取竹苕。
羲和宁静地，四野静悄悄。

（四）鹧鸪天·怀金徽大道景色

两岸垂杨浮晓烟，朝朝身在绿堤边。染霞披彩金徽道，驻马观花缓缓前。
红簇簇，绿团团，忽惊春色又斑斓。春光未赏春将暮，料想风光胜去年。

（五）金缕曲·庆祝中国共产党成立一百周年

百载风云路，望征程，峥嵘万里，壮歌无数。草地雪山湘赣水，月隐霞升几度。铁血涌，汇成雄旅。星火燎原红九域，古神州，洗尽贫和苦。终站起，世争睹。

擎旗代代英豪继，立潮头，踏波斩浪，几番风雨。塞北江南花吐艳，锦绣山川处处。箭进射，穿云驱雾，竞向太空飞槎去。正启航，四海千帆举。迈大步，巨龙舞。

张泓，男，甘肃徽县人，徽县人大常委会副主任。陇南市诗词学会副会长，徽县诗词学会会长。

董双定词诗一组

（一）裕河吟

山黛远含烟，林幽水响泉。
逍遥云外去，何不做神仙。

（二）二郎帮扶记

鸟惊晨梦醒，盘点囊躬行。
扶策千秋计，群心万里征。

（三）康县庄科村新景

旷野涤新世，情怀自见真。
日高峰毓秀，塘阔水波粼。
玄鸟声常脆，清风月伴淳。
乡村添锦绣，丰业好黎民。

（四）冬日官鹅即景

冰柱傍悬缘，银妆裹娇妍。
琼珠镶满树，峰刃向高天。
一夜寒风劲，千般白雪翩。
耳惊破竹响，云针落霞还。

（五）礼县盐井祠

汉水环秦地，群山绕卤城。
一泉滋草盛，千马踏歌惊。
饲骥识非子，尝咸鉴伯声。
乾坤何须大，岁月自峥嵘。

（六）康县花桥村

云白恋嵩颠，峰青欲接天。
丛花漫古道，幽谷响清泉。
接力精雕琢，扬旗求变迁。
鞠躬惊宿鸟，今昔焕空前。

注：古道，即茶马古道。

（七）过文县关子山

野径山中雨，车骑自曲浮。
氤氲弥谷壑，峨岭隐琼楼。
世事同风景，台阶启涧沟。
长途聊寂寞，神定泽千秋。

（八）张坝怀古

剑影刀光休问事，争雄关隘梦魂牵。
伯约遗恨仓山道，士载奇功取四川。
烽火狼烟相去远，兵戈战士几人还。
沧桑炳史惊尘世，乐享太平求变迁。

（九）张坝印象

待字闺中别样天，琵琶云岭隐乡关。
清辉浅照千溪影，翠色幽含万壑山。
密树拾阶寻古道，空庭怀旧睹流年。
尘封往事重开启，历尽沧桑换靓颜。

（十）康城三咏之朱家沟

山清水秀朱家沟，鸟语花香芳自流。
碧树丛中寻古院，白云深处起高楼。
诗情涌动神迷乱，画意招来墨易稠。
魅力乡村添异彩，扶贫产业载丰舟。

注：古院，朱家大院

（十一）端午诗话

菜籽归仓麦上场，杜娟啼血劝农忙。
艾蒿含露话清影，粽叶开唇吐奇香。
楚子榭台俱作土，屈平天问任华章。
人生跌宕平凡事，日月功行自健康。

（十二）早春晨雨

烟云漫晓天，桃蕊绽新颜。
春雨浣尘事，轻纱遮鬓鬟。
轩檐闻滴漏，楼阁织丝摽。
推牗轻风拂，身心顿释然。

（十三）往千坝牧场途中

蜿蜒山路蜿蜒坡，山里人家一首歌。
牧马牛羊天际远，云来云往意婆娑。

注：2018年9月18日随中国旅游杂志社采访团去千坝牧场

（十四）大美裕河

深秋凝露着轻霜，烟雨层林尽染黄。
寻画八湖群瀑舞，觅音三边古韵长。
竹涛过处现农亩，茶语田园始送香。
此境人间何处有，裕河生态白云祥。

注：八湖，八湖沟景区，现称八福沟。
　　三边，甘、陕、川三省交界处，有三边古村落，以三碗文化著称。

（十五）游武都朝阳洞

朝阳沉睡洞中仙，日月平衡隐机玄。
青树瞻高云视野，白龙怀古性悠然。
烟霞渺渺慕名刹，钟鼓幽幽悟境禅。
端竹最知兴盛事，笑看尘世已千年。

注：端竹，即睡佛，姓苏，名敬，法号端竹，西安府咸宁县白良村人。

（十六）参加党校学习有感

流莺婉转柳丝长，梅咏新堤约海棠。
谁向春风研厚德，党旗招展白龙江。

（十七）官鹅沟采风

峰头林立欲参天，听取飞流百丈悬。
醉诗心怀三叠嶂，临湖一夜枕无眠。

（十八）陪同省扶贫监督调研组到文县

扶策艰辛志炼坚，爬山涉水莫停闲。
于民问道亲人道，不拔穷根誓不还。

（十九）改革开放四十年感怀

开放于今四十年，神州处处艳阳天。
追思历史排贫运，探索真知启舫船。
革故鼎新宏略展，安邦除弊续诗篇。
复兴伟业国强梦，不忘初心永向前。

（二十）生态治理视察参观金辉矿业公司

日高群岭绿波悠，景色随车画里游。
路入峰端郛郭邑，笔摇气魄凌徽州。
地宫万里列金阵，花木千重浮蜃楼。
奇卓伟才融珀色，领先世界竞风流。

（二十一）再到二郎乡武坝村帮扶联系点（古风）

秋深晓气凉，再赴二郎乡。
峰岫随窗远，车载兴未央。
层林争炫彩，野菊竞生香。
青石溪流动，白云鸿雁翔。
此间诗意美，幽径浮叶黄。
进户查民困，落脚话短长。
扶贫千载计，助业百年长。
群策谋前路，齐心奔小康。

（二十二）南歌子·喜迎党的十九大

玉宇群英荟，金秋稻谷香。九州今日着荣装。华夏同屏，群策助康庄。
舵手方针远，航灯道路长。辉煌腾起谱新章。举国齐欢歌，昂首向东方。

董双定，网名观海听涛。男，甘肃陇南西和人。陇南市政协经济委主任。中华诗词学会会员，中国作协《诗刊》子曰诗社社员，甘肃省诗词学会会员，甘肃省书法家协会会员，陇南市诗词学会顾问，武都区诗词学会顾问，陇南市书法家协会会员。

第五章 幸福陇南

单马娃诗词一组

（一）贺"一带一路"会议在陇南召开

谁将古道又翻新，跨向重洋化外民。
从此全球同皓日，堪凭一网到荒滨。

（二）赞陇南电商（新韵）

数骑绝尘恨路长，披星每见满头霜。
如今蜀道停飞马，万里屏前似一乡。

（三）观抗洪一线临屏有寄（新韵）

紧锁浓眉重铠寒，万骑空降赴雄关。
甘将铁脊封堤口，冷眼蛟魔兴海烟。
疫气无功因药障，民心不乱有国肩。
笑谈细数千年事，人类何曾败给天。

张开瑰诗词一组

（一）两河镇采风

沿河寻胜景，水净草花鲜。
楼影摇潭底，鸟声栖树巅。
诗生麻柳坝，韵叠薛涛笺。
垄亩风光好，乡村别有天。

（二）游两河镇

山乡盛夏景幽清，人在碧波之内行。
九道青溪崖上泻，两排麻柳路边迎。
枝头鸟唱关关韵，林里花含脉脉情。
且醉且歌忙拍照，心潮翻涌有诗生。

（三）临江仙·游两河七寨沟

沿路涧溪吟逸韵，枝头鸟雀争鸣。草丛戏蝶舞轻盈。日光穿碧叶，斜照水波明。　两岸野花千万点，殷勤飘散芳馨。心头流进是新清。苍苔漫石径，沁绿了诗情。

（四）临江仙·游康南两河镇

峻岭逸峰流碧翠，田畴原野葱茏。山溪涧水响淙淙。绿茶溢雅韵，清爽味香浓。　麻柳岸边花正艳，盈眸黄紫嫣红。蜂飞蝶舞过桥东。游人情欲醉，绮梦荡心中。

李军英诗词一组

（一）杨家河

徐行幽静处，平路绝尘嚣。
两岸浓荫合，三山紫气饶。
鸣莺穿细柳，人影倚长桥。
来往多佳客，新园破寂寥。

（二）小城仲夏

小城宜避暑，花木净无尘。
山气生凉足，水光摇翠匀。
怡心随处好，养目逐时新。
本是神仙境，可抛名利身。

（三）白云山后花园赏春

接天桃李醉游人，初识山间最好春。
雨后晴光垂露冷，烟开蝶影逐香频。
飞车云外花争艳，欢鸟林中景弄新。
乘兴今来终未负，回眸足可慰情真。

（四）浣溪沙·山城康县初春

俊鸟殷勤赶早鸣。风丝脉脉柳烟轻。春光佳气漫山城。
已唤诗心些许动，犹怜山色几分明。云峰高仰总含情。

赵晓滨诗一组

（一）即景

柳老池波绿，花残草径香。
岸边蛙擂鼓，敲碎水中光。

（二）山湾梦谷印象

罗湾秋色早，避暑客频来。
兴逐清流远，梦追幽谷回。
深山竹林雾，细雨石阶苔。
品得农家味，歌喉并酒开。

（三）鹧鸪天·赠草坪村帮扶干部强刚

房若稀星隐绿梁，扶贫再造小山乡。对症施策求精准，因地生财出益方。
南鱼鸭，北牛羊，药材地道美名扬。秋来又是丰收望，头雁谁怜身满伤。

李琼词一组

西江月 两当春美韵无边

（一）盼春

岭上未消残雪，枝头已绽芳菲。暗香一缕透帘帏，闲品闺中滋味。
窗外菱花偷觑，案前烛影还睨。落笺犹作翠微思，谁把东君绊系？

（二）赏春

簇簇绿芽疯长，层层粉蕊频裁。游丝纤柳一排排，慵懒随风摇摆。
幽峡翠屏烟笼，穹窿澄碧霞来。峰峦犹自两边开，览尽千山澎湃。

（三）迎春

燕子剪长纤柳，莺声啼绽鹅黄。水桃红遍大坡梁，处处清风送爽。
万壑奔流宣泄，千山屹立舒张。复苏万物恋青阳，绿润湖波荡漾。

（四）戏春

陌上频开娇蕊，湖中微漾清波。彩云追月几回歌，不记谁之功过。
桃杏红消香淡，樱花又醉颜酡。春风尽惹是非多，哪管枝头结果。

（五）望春

细雨飘零悲悯，青烟又笼凄凉。一朝离别断肝肠，天国平安无恙？古树永恒思念，新枝点缀彷徨。故园小径百花芳，捻作幽联挽嶂。

（六）醉春

薄雾徜徉堤畔，晓烟留恋河东。丝丝弱柳绊行踪，只为盈盈娇宠。妩媚一湖香蕊，含羞十里嫣红。樱花灼灼戏清风，漫把山城舞动。

柏晓勤诗词两首

（一）重阳下午喜晴登南岭

心诚能感应，九九雨云开。
南岭忙邀越，新城次第来。
两河盘泰岳，四野罩金盔。
高速游龙远，红枫独自徊。

（二）万象洞

南岭平常卧坝前，难猜内外两重天。
长叹桃境疑无处，今溯仙踪信有渊。
幽阁回旋灵兽闹，玉幡倒立翼龙悬。
人生观此如朝露，缺寸乾坤亿万年。

王惠菩萨蛮九首

（一）菩萨蛮·扶贫干部

烟村遍踏无寒暑，丹心不负春来处。扶志又扶贫，深山留履痕。千畦禾粟绿，万户廪仓足。长记解民忧，铁肩当渡舟。

（二）菩萨蛮·天梁

樱花初绽夭桃罢，青红遍野成图画。着意赋新章，耕桑人倍忙。陌头春渐暖，旷野成佳苑。啼鸟唤初晴，南山如锦屏。

（三）菩萨蛮·山乡

奇香渐满村头路，花乡且挽芳春驻。绿柳映桃红，家家沐惠风。新居平地起，垄上嘉禾美。篱畔万蜂忙，日高清影长。

（四）菩萨蛮·过南康宋坪

春山万仞峰如铁，春山尽处烟霞叠。松籁半生寒，林深当闭关。不闻丹桂老，芳草青泥道。一路赏清音，暄风吹素襟。

（五）菩萨蛮·双旗沟

山高地僻音尘隔，当年莨莠难留客。白水怅西风，沟深穷野空。青阳思几度，今我盘桓处。嘉树已成行，衣丰粮满仓。

（六）菩萨蛮·再到石门沟

洞天谁辟仙崖窄，奇峰若蔽阴晴色。行到此江头，飞鸿天际愁。荒滩横野渡，道蹙云难驻。曾叹彼途艰，今朝俄尔还。

（七）菩萨蛮·宋坪山中

枯藤老篆泉飞白，眸前青嶂云相隔。谷雨半阴晴，坡头幽草生。黄荆齐古栈，风定尘嚣远。当此忘流年，山居不羡仙。

（八）菩萨蛮·荒村巨变

昔年此地行经处，层岩耸峻山无数。一晌负春光，人闲农半荒。
嘉时当惠政，千里桑麻盛。今建好田园，和风弄锦弦。

（九）菩萨蛮·过白水江

行来江畔繁花乱，轻车一路浑如电。复过几重山，山山云雾间。
青泥衔白水，远霭归天际。春遍此滩头，沙村连沃畴。

王惠，女、字子兰。现为陇南师范高等专科学校美术与设计学院教授。中国美术家协会会员，陇南市美协副主席；甘肃省美协、作协会员，甘肃省青年美协理事，甘肃省诗词学会书画委员会副主任，甘肃省民盟画院常务理事，甘肃省陇南市第三届政协常委，陇南市诗词学会理事，陇南市第二届领军人才。

唐秀宁诗词六首

戊戌新秋晚霞湖乞巧行吟三首

（一）

殊俗佳山承巧乡，鸳湖晚霁沐新凉。

西江怅望秋云阔，孤棹青竿诗梦长。

（二）

重来故地费踌躇，乐饮欢歌总不如。

湖上晴云辞去雁，幽人独寄一行书。

（三）

远慕莲心越水滨，清歌一曲凌烟旻。

不闻昔日花低语，萍满西池邀故人。

高阳台·鸡峰雪韵

霄岭云寒,霜崖路杳,千寻岳立长空。陇右仙山,崇深树古岩重。婀娜一夜琼英舞,遍峦峤、无限空濛。怳南村,烟锁昆仑,海涌方蓬。

瑶林玉阙神龙隐,独佛台岷峈,焕绮花淞。静砌灵阶,冰谷银屋玲珑。昊天不许雄姿老,将娥妆、裁赐鸡峰。满成川,极目嘉祥,雪兆年丰。

高阳台·秋醉西狭

绝巘参差,回溪宛转,重来偏爱霜辰。故里西狭,秋光秋韵方殷。金风拂柳穿花后,便栖迟、丹荔青筠。更经途,曲水飞泉,别韵无尘。

依然古道连山翠,有诗翁把酒,酬醇碑魂。共此英华,临流对饮千樽。多情谁似闲吟客,寄幽思、岭外高云。醉回车,日晏秋深,愈觉秋醇。

暗香·成州杜公祠赏梅步白石道人韵

草堂梅色,借暖风一送,几声樵笛。婉媚莺时,许我花繁已堪摘。偏是幽人有意,常睇盼、春来开笔。待迟日,烟淡云微,香暗近吟席。

山国,胜景寂。却少陵祠前,诗草遗积。影疏梦泣,霜女玉奴漫相忆。似此青泥澹荡,拨雅引、凤歌瑶碧。恰清音、和丽句,便从此得。

> 唐秀宁,女,甘肃省成县人,甘肃省作协会员。出版有文集《田园之外》《燕语似知》《近芳集》《叮当》四部,现供职于甘肃省成县文化馆。

张海斌诗词五首

（一）金马池口占

云细牵弦月，牛慵踏雪泥。
拦风相借问，琼岳为谁低？

（二）与亲友游金猴峡

晨入深峡去，娱观胜景妍。
密林藏瀑布，石上响流泉。
知了棕间唱，游鱼浅底穿。
平生多嗜好，最爱是天然。

（三）扶贫干部

不顾阴晴脚步匆，下村入户访贫躬。
帮扶实在疑阂去，执手温然宿雪融。
治乱拆危除旧貌，启思扬善蔚新风。
喜闻阡陌飞诗韵，乐见新村画卷中。

（四）如梦令·余家河（中华新韵）

晨起雾岚献瑞，最爱河山青翠。
当记客来时，三碗奇珍荟萃。
沉醉，沉醉，每每夕阳点缀。

（五）满江红·赞裕河

幽瀑冲岩，灵峰黛、澄岚拥壑。最喜是，金丝猴逗，鹊飞鱼跃。休说裕河真远僻，四时常有桃源乐。况而今，两裕又新西，相交错。

良夜静，虫声弱。轩窗外，银辉落。正墨肥笺瘦，意兴和绰。一点吟情飞笔底，两行称赞心中掠。裕河美、当得写传奇，书佳作。

孙红刚诗词一组

（一）咏两当樱花

娇艳群芳妒，年年为谁痴？

红消香断处，多少梦和诗！

（二）游万象洞有吟

神工鬼斧幻成真，细刻精雕数亿春。

滴水沉沙钟乳秀，涌泉泼墨画屏新。

九天揽月寻珠玉，海底巡游走素鳞。

万象仙踪多变异，龙江烟雨掩红尘。

注：万象指华夏第一洞万象洞；龙江指白龙江。

（三）鹧鸪天·丁酉冬夜赏雪有吟

袅袅婷婷捧玉钟，碎琼抛却掩仙踪。低吟共沐秦时月，浅唱同承汉遗风。

白雪冷，暖消融。红炉煮酒与君同。今宵欲把银装裹，醉美河山几万重。

曾玉梅诗词两首

（一）辛丑重阳节随安君到乡下走亲戚

淫雨连绵萧索季，宅家日久盼晴光。
云开雾散朝晖丽，芦白枫红菊蕊黄。
亲戚邀她尝野味，安君约我度重阳。
喷茶煮酒闲聊叙，袅袅炊烟满院香。

（二）干荷叶·秋菊（刘秉忠体）

深秋菊，覆清霜。尽显风流样。吐芬芳。换新妆。东篱寂寞伴情郎。把酒言欢畅。

第六章 陇蜀之城

陇蜀之城十四吟（侬韵怡雪堂）

赵　芳

（一）阶州史话

一山分水几春秋，陇蜀城寰望眼收。
惯看阴平聊史话，姜维邓艾古阶州。

（二）阶州诗话

春花开尽叶零秋，历史难分爱恨仇。
翻竹慢思羌氏曲，火锅秦调驻阶州。

（三）古村记忆

南来北往议春秋，老屋推开往事悠。
谁把菩提能锁住，一川烟雨话阶州。

（四）往事如烟

红裙扫过石阶头，多少埃尘挂阁楼。
塘火心思烟一袋，阿婆影子磨盘留。

（五）古村情

何鸟情钟守斜楼，长足菩提似莫愁。
老菜残垣成一画，旁听枝上旧歌喉。

（六）岁月如歌

长槐如笔记春秋，老路情怀石径幽。
多少繁荣纷褪去，雨敲长梦诉来由。

（七）琵琶语

木桥踏醒旧歌喉，花自飘零水自流。
是处南腔融北调，琵琶声里煮春秋。

（八）忆乡愁

残垣断瓦忆乡愁，时尚平行画里游。
碌碌无声听鸟静，河边花狗喊阿牛。

（九）琵琶寺

春风眷水向天游，寂寞钟铃挂角楼。
谁过阴平山尽望，琵琶寺里鼓悠悠。

注：琵琶寺，原名秋坪寺，始建于东汉建武二年（公元26年），是武都历史悠久的古刹之一，有近两千年的历史。该寺遗名，据寺内历代所立碑文记载，三国时期，蜀汉景耀年间（公元258年），蜀汉名将姜维统兵北伐中原收复西川，过阴平，经秋坪寺，天雨阻行暂住此地。休息期间，登山拜佛，观其岷山，形若琵琶，故改"秋坪寺"为"琵琶寺"。自此，琵琶寺之名沿用至今，既是寺名，又是地名。

（十）小川情思

长天不负一条沟，林眼春风向虎丘。
青鸟衔来红蜀锦，小川坝里靓新裘。

（十一）泛博物馆

民俗博古汇村楼，陇蜀之城画里浮。
天道勤酬新锦里，琵琶滚玉泛悠悠。

（十二）陇蜀之城

白龙江畔古城楼，铁马兵戈画里游。
时代钟声新鼓点，推开历史看阶州。

（十三）生态阶州

太平盛世话阶州，山北山南橄榄油。
烟雨晴川逢四月，茗香点水品春秋。

（十四）繁华阶州

丝绸之路与阶州，茶马纷呈古道留。
陇上江南依水韵，诗情画意裕河游。

琵琶吟

赵 芳

（一）琵琶吟·琵琶引（古风）

久闻琵琶远，今日琵琶行。
翠峰连云驰，已把古村惊。

注：琵琶为陇南市武都区一生态乡镇，自然环境保存较好。

（二）寻找古村落

荒村不见人，偶尔犬声亲。
试问老黄杏，方圆可有邻。

注：武都琵琶古道有一古村落，2008年5·12地震后全村人被政府统一安置搬迁至离村落800米远的平坝河川。此处因是古建，被当地政府完整的保存了下来。

（三）玉女池

玄梁一道湾，玉女正梳鬟。
谁赐瑶池镜，深藏到此间。

注：玉女池位于琵琶张坝古村落不远处玄湾村附近的一个天然溪水潭，话说古时候，一女子在此溪旁等待情郎终老而息。

（四）玄龙洞

击石闻仙路，潺潺一洞天。

清凉来避暑，定结梦中缘。

注：玄龙洞是琵琶玄湾村附近一自然景观、石山石洞，人在洞外击石，可听到洞内玄妙之音，似与神仙对话。

（五）揽月台

轻踏云梯脆，盈盈到月台。

众山凭目秀，鸟语入怀来。

注：揽月台为琵琶玄湾村打造的生态园内人造观景台，四面青山环绕，各景点极目一览无余，夜聚此处，若逢月，更是美不胜收。

（六）豆花面（新韵）

缘定身间福，平生不得贪。

而今赢一味，嫩嫩美舌尖。

注：豆花面为武都琵琶祖传特色美食，手工鲜豆花，与武都酸菜混搭煮上手工面，鲜、嫩、柔、餐后余味无穷。

（七）凤凰台

乍来不晚拣春光，日月呈辉映地祥。

谁揽群山成曲咏，凤凰台上拟华章。

注：凤凰台本为一典故。琵琶古村落离距离凤凰台仅几里路，是悬龙洞附近的一个山坡。传说凤凰坡曾经有凤凰栖息而鸣，因此得名。

（八）八仙桌（新韵）

酒过三分胜八仙，竹林满座论群贤。

天南海北凭闲趣，醉倒瑶池夜不还。

注：琵琶古村落下的泫湾村建设有高盛生态园。里面装修别致，各雅堂取历史文化经典而名，合各地风情风貌，内设竹林闲屋，八仙桌共饮，别开生面，情趣盎然。

陇蜀古村

方小龙

水流石磨万年存，今古奇观蜀道门。

历尽沧桑千百载，唯留小镇著诗魂。

天净沙 · 古村张坝

张付成

烛灯瓦影墙花。流泉庭院人家。老屋丝弦染画。古村张坝。客去魂醉流霞。

古村

鱼树雄

一首相思曲,千年陇上留。
藩篱藏世界,飞榭隔春秋。
宕宕清溪淌,依依古道游。
觅寻闻绝响,张坝寄乡愁。

注:张坝,地名。在甘肃省陇南市武都区琵琶乡。

古村落

鱼夏雄

薰风唤醒翠云鬟,石径村深岁月颜。
细数沧桑多少事,一帘幽梦古今还。

古村吟

鱼夏雄

拥抱琵琶换旧弦，春风一曲谱新篇。
泥墙黛瓦藏不住，吊脚楼中赏月圆。

陇蜀之城遗古韵

鱼水翔

沧桑风雨几经年，僻壤遗尘有旧烟。
瓦舍苔痕留故事，琵琶古韵对新弦。
浮生隔世求温饱，碾碎时光忆苦煎。
昔比今非谈巨变，客心触景愈忧怜。

眼儿媚·咏琵琶古村落

王玲巧

岁月姗姗走千年，村落貌依然，泥墙黛瓦，木楼石径，水墨庭园。
农耕自古滋华夏，张坝久绵延，一方缩影，珍奇独特，保护流传。

谷雨古村即景

王 栋

一场谷雨谢春红,来也匆匆去也匆。
石磨石墩铺石路,石村依旧闹庭空。

张坝古村落寄韵

郭 军

四月人间不踏芳,始闻张坝杏花香。
琵琶传说姜维胆,土户遗留木架房。
旧梦蹉跎成石磨,时光斑驳入泥墙。
杨家古戏凭谁演?四方山前问六郎。

清平乐·琵琶张坝缘

田雨燕

青山深处。流水琵琶语。千载潺湲诚款叙,还说有缘得遇。
相见应在田庐,炊烟缭绕幽墟。云卷云舒风起,春溪倾注春壶。

村行

赵晓艳

郁郁翠山边，悠悠见暮烟。
乡村闲事少，四月正插田。

张坝古村

罗愚频

秦韵流今古，陇音殊代存。
四围山色碧，一涧鸟声喧。
石屋添幽趣，浊醪杂野荪。
怡然羲葛氏，决胜武陵源。

古村行

周 郎

一树花开一树春，一帘山雾笼轻尘。
摊开笔墨难成画，吟遍诗词未觉亲。
古木苍苍行径远，炊烟袅袅笑声频。
他年终老桃源地，哪管人间汉与秦。

古村新声

郑　军

石村古朴千年久,百尺群楼异赏观。
生态清幽苔绿鲜,青山秀水畅流欢。
砖雕木刻虹桥渡,张坝琵琶调素弹。
文化旅游招唤醒,传承陇蜀享尊安。

张坝古村

董少文

古村通陇蜀,遗韵赋琵琶。
野径苔痕浅,土楼春雾纱。
菩提荫农户,石碾话桑麻。
塘火新茶醉,盘桓不念家。

琵琶镇古村

梁贵平

枇杷树下抱琵琶,古韵悠扬绕树丫。
蜜味枇杷同寨老,乡愁不断寄琵琶。

古韵新弹

赵金贵

风和水秀景天然,重抱琵琶再定弦。
角羽宫商弹序曲,党群文旅谱新篇。
一村石器正苏醒,千古菩提已难眠。
二十三回民愿计,铁肩担责史无前。

武都琵琶乡古村落保护

张庆中

文化传承张坝好,复兴旧迹数阶州。
清溪环绕擎天柱,老树依傍吊脚楼。
石磨仍吟新日月,木门犹绘古貔貅。
谁言都市今人爱,怎比乡情此处留。

踏莎行·春到琵琶

张寒喜

淡雾临窗,幽帘飞雨。莺歌燕舞芳香慕。鸟鸣杨柳抚溪流,绿烟布野花沾露。　　翡翠农庄,怡情环顾。琉璃古屋林荫圃。村民步迈小康年,歌声飞艳春风赋。

古村落留句

赵书成

（一）石磨

石柱史流长，磨盘兆吉康。

阴阳成太极，久转刻辉煌。

（二）石碾

岁月随天转，自然除秕糠。

碾盘传史话，安富稻花香。

（三）古村

阁楼存炜煌，石器诉恒长。

物富痕深刻，陇南多奥藏。

琵琶镇里古韵悠

张国栋

非遗保护聚阶州，张坝村深现木楼。

请命为民好书记，留传回忆寄乡愁。

古镇神韵

何　郑

琵琶古镇树欣欣，张坝村容几度闻。
寻找前朝氐汉地，宫商新曲旅人云。

古村情结

李　明

开发营商古镇空，几多村落食侵终。
一丝眷恋寻何处？张坝乡愁复忆中。

武都琵琶镇古村落张坝

张耀华

深山逸隐古村庄，代演农耕民姓张。
瓦屋参差榕树古，石墙罗列磨盘当。
曾经岁月非秦汉，考问遗风近氐羌。
最是乡愁堪永记，馆陈文物证沧桑。

古村谱新篇

雍守爱

阁楼石磨蕴千年，淳朴民风继祖先，
绿水青山藏古镇，烟村蜀味铸新篇。

琵琶古村落

朱俊强

往事如烟翻一篇，琵琶定调拨新弦。
茅庐焕灿重挥彩，古镇风情陇蜀牵。

寻觅陇蜀之城

王　斌

琵琶谁弹韵悠悠，古镇羌氏几度秋。
秀水裕河珠灿烂，土墙黛瓦旧时楼。

张坝古村落赋（新韵）

何巧巧

春风唤醒古荒村，绿氅繁花醉晓昏。
人去屋空心亦老，苔生阶静树孤醇。
石街诉尽寻常事，阡陌犹伤万里痕。
文旅开发宾客至，尚存遗骨有灵魂。

南乡子·张坝古村

赵　云

陇上有奇村，石径曲幽古木森，桥碾吊楼溪绕院。人云，元亮桃源在此寻。
张坝古村珍，景色人文互共存，典范树成齐配套。为民，领启阶州盛世门。

注：陶渊明字元亮。

陇蜀之城

张羽中

城寰陇蜀忆春秋，烟雨纷纷石上流。
遗迹尘封千古事，旅游开启觅阶州。

如梦令·古村

李广娟

村落古楼名胜,石磨静闻蝉梦。

不见旧人归,藤树鸟声凄猛。乡镇,乡镇,青瓦月星风冷。

陇南古村

陈永红

青瓦泥墙院,仙人旧所田。

炊烟升袅袅,土路步颠颠。

水磨余音绕,柴楼固守眠。

油茶薪火旺,热炕暖千年。

咏古村落(新韵)

尹竞平

琵琶村落幕中收,见证沧桑岁月流。

覆地翻天寻往事,今朝雄起耀阶州。

张坝古村吟

王淑芳

千年古镇农家院,青瓦泥墙石磨盘。
碧掩幽深游客少,林间溪水戏鱼欢。

张坝古村

何长明

古木参天遮瓦房,传承历史字留墙。
门窗雕刻风云事,几度沧桑小院藏。

咏武都琵琶镇古村落(古风)

赵长忠

琵琶古村水磨坊,青石如画幽径长。
自来多少云烟事,塘火深处论短长。

第七章 活力陇南

蝶舞醉斜阳

吕升荣

老房锈锁思深宅,偶去门前覆长苔。

枯草无名侵满院,心酸已刻入喉来。

当年曾记高堂在,帮母烧锅洗灶台。

恍觉如今霜染发,人生回首几徘徊。

贺全球减贫研讨会在中国·陇南召开(新韵)

杨想生

潮头击桨敢争先,一举攻歼世界难。

盛会还期新愿景,聊将夙梦共同圆。

浣溪沙·诗意年家党旗红

杨想生

碧水蓝天映赤衷,书生教稼自从容,九台山下党旗红。

诗入新村讴盛世,梦圆故里话康隆,情怀时景共交融。

小雪

范小灵

小雪时来地已寒,红枫映日菊花残。
碧空无鹤排云上,落叶随风不厌看。

拜谒盐官盐井祠

王慧琴

祠堂幽静暗香沉,亭榭玲珑古井深。
炉火彤红蒸玉液,碧池清澈淌琴音。
盐车载盛千年事,木斗曾装万众心。
殿上神婆慈善诵,院明曲径醉花阴。

山村冬日咏怀

秦 波

四野茫茫寒气逼,群山寞寞冽风吹。
惯看冷雨和飞雪,把酒东篱吟小诗。

寻梅·初冬踏雪

廖军晖

冬来凛冽玉絮舞。水浮冰,激流不怒。雁阵已远雀频语。雪峰亭亭立,异香盈宇。　　觅寻万里千红腐。乍见俏,悬崖危处。微微一笑寒朔去。汝安身哪里,人竟赞誉。

又谒武侯

王会军

往事纷纷不尽伤,晚风几度到祠堂。
斜阳脉脉迷山道,落木萧萧满汉江。
来客相逢说马谡,笠翁闲对笑关张。
廊中文武犹听命,帐下不闻有妙方!

采桑子·苹果花绽西江岸

张　怡

西江水畔雨初霁,游客云至,满树清芬,馨烈熏人如饮醇。
苹果花海芳菲景,犹见枝欣,硕果喜人,秦邑秋令商贾云。

登青泥岭感怀

张敬年

览尽风光攀越岭,丹青绝壁露峥嵘。

金徽美酒甲天下,更有诗仙醉卧名。

注:曾有李白醉卧青泥岭之说。

游武都金马池

张敬年

池水澄清树木葱,白云紫雾伴凉风。

游人遣兴情归处,便有丹霞向日红。

花园城市

成小毅

一径花香引路人,满城嘉卉眼眸新。

园丁斗艳施妙手,十里长堤若画春。

天池秋景

王欣雨

漾漾秋山蕴,粼粼晚色分。
人间惆怅净,能得几回闻。

阶州晚市

王欣雨

阶州昏晚令,酒肆笑相还。
欲问丹丘处,云烟在此间。

陇上金马池

张卫红

千峰滴翠天池碧,细草闲云绕旷林。
山道通幽禽鸟集,清溪布练涧鸣吟。
西霞晚照风如景,峻岭晨辉影入襟。
凤鸟衔来金马梦,唱歌引人向南寻。

泰湖夕阳

吴彩琴

西山落日照宇琼，泰子涧前水一泓。
曲谢楼亭环桥柳，笛音袅袅醉心觥。

山根梦谷

高加强

峰岚水软润桑麻，瓦舍明楼具酒茶。
康养仙园何处是，山根梦谷有人家。

陇南诗词诗友踏上青泥岭

张国栋

金徽盛夏碧盈寰，欣伴天骄上铁山。
古道怀贤思李杜，唐风宋雨慕诗潺。

晨见

刘素芳

雨霁云初散，天光鸟与鸣。
葳蕤荣树茂，馥郁映花星。
露饮清香叶，霞飞寂寞情。
高楼人不见，伫望数峰青。

金马池

史淑燕

云上天边绿，田肥骏马行。
弥香花万里，曲道笑盈盈。

卜算子·陇南城乡

史淑燕

画卷翠青山，碧空祥云彩。恋眷乡村恋眷城，谁属尘之外？
和四季轮回，穿越时间海。融合新生融合故，你我他都在。

赵金贵诗词三首

（一）卜算子·武都崖蜜

风雨万花丛，腰细身纤瘦。人间甘甜谁遍洒，却是它成就。

闻香寻源头，隐隐浮云岫。崖蜜武都纯天然，每把心甜透。

（二）古韵新弹话张坝

风和水秀景天然，重抱琵琶再定弦。

角羽宫商弹序曲，党群文旅续新篇。

一村石器正苏醒，千古菩提已难眠。

二十三回民愿计，铁肩担责史无前。

（三）沁园春·桥（脱贫记实）

一梦千年，虹卧烟波。景映云霄，锁回龙[①]瑞气，地灵人杰。民丰物阜，普庆今宵。上下联通，东西穿惯，福祚苍生名未标。舒心过。由然生感慨。国富民豪。

以前此水无桥，令世代人民尽悴憔。遇汛期暴涨，学生误考。新郎空轿。巨浪滔滔。事急强行，香消玉殒。往事不堪随浪涛。顺民意，论前朝历代，唯有今朝。

注：回龙，古地名，今五库。

满庭芳·城区绿化

张寒喜

旗帜飘扬，金锄回荡，青苗植满山冈。施肥浇水，沃土暖芽床。
山体逐年增绿，拒风雨，采撷骄阳。惠风畅，紫烟绕树，夹道迎清凉。

苍山含翡翠，馨香荫庇，花吐芬芳。鸟鸣枝，清晖瑞映明堂。
功在城池铸鼎，怡情处，永享安康。金银闪，千秋福祉。厚禄赐民香。

武都万象洞

何巧巧

万象藏溶洞，迷宫百列奇。
串游轻缓步，渐入九仙池。
串游：到处走。
九仙：各类仙人。

秋醉裕河

何巧巧

云笼奇峰如墨画，炊烟屋老是谁家？
堆禾吠犬惊鸡侧，公路盘山访客夸。
瞠目秋屏吟锦卷，醉倾飞瀑当绸纱。
新城半掩深闺秀，疑似瑶池坠落花。

画堂春·隆兴镇青山绿水赋

何巧巧

峻峰奇岭越千年。秘珍棋布云山。晓闻虫鸟悦声欢。渴饮甘泉。

老少牧耕歌放，勤于立业无闲。果蔬繁茂数农田。傍水绵延。

梦江南

王青海

久闻江南好，湖光映小桥。
长天飞雾雨，丽水米船摇。
荷满生莲子，鱼肥吐幼苗。
乘风寻画境，喜别意难消。

江南公园

赵 云

天韵江南景色幽，雾蒙细雨罩亭楼。
挂云岸柳风和月，跨水舟桥夏与秋。
湖里泉喷珠迸溅，径旁树隐鸟频啾。
飞花似梦游人往，零落头肩一瓣柔。

钟楼公园

赵 云

园林复古泻清泉，水榭楼台石径连。
春去秋来迎邑客，风侵雨沐景悠然。
常观老少轻身舞，总见翁婆太极拳。
都市玩游休憩地，健康生活度遐年。

金马池一游

袁沁哲

避暑驱车金马池，风光无限醉人痴。
天边缕缕烟霞起，岭上离离草甸迤。
昔日残檐愁雨雪，今朝小院笑容姿。
丹青怎尽蓬莱境，拙笔倾心难好诗。

国庆游鸡峰山

袁沁哲

驱车破雾上鸡峰，兴致方浓雨隐踪。
游目骋怀云海壮，荡胸醉意蜃楼蒙。
天开鸟唱风摇竹，岭阔光柔日映松。
晚照秋山烟半缕，归途笑似水淙淙。

题万象洞

李保荣

灵山洞里隐穹隆,接地擎天造蕊宫。
异石嶙峋惊鬼斧,奇岩斑驳叹神工。
琼峰耸峙殊姿险,玉柱孤悬胜迹丰。
望月犀牛传说美,骚人妙句颂仙翁。

立夏驻马营镇

苏军锋

城中繁叶合时轮,云上山间草木春。
谁道芳菲留不住,马营依旧百花新。

山根梦谷

赵 云

山根梦谷似桃源,青山碧水映云天,
佳节美景醉梦间,人间仙境在陇南。

精准扶贫早春下乡感吟

董志清

和风拂柳菜花黄,政暖民心向小康。
我自农家田埂过,归来衣袖尚留香。

过陶家湾新农村

董志清

路畅房新小鸟鸣,村民面带好心情。
若非山下车来往,疑在桃花源里行。

石坊秋

董志清

清江一曲划平畴,邓草柳园争据秋。水北斜阳碾金稻,山阴暝色没飞鸥。
鲤翻欲出河塘界,燕舞回环苇陆头。驻足南堤游目去,一坡苍绿卸穷愁。
邓草:村名,即邓草坝。

题陇南崖蜜

王守城

阆苑百花香,精灵劳作忙。
经年成美梦,拜月启瑶房。
气透琼浆味,丝连琥珀光。
昔时为贡品,今日众人尝。

陇南食用菌

王守城

蜀道萦岩阻秽尘,青山绿水孕奇珍。
谁临酥雨撑油伞,孰向清风竖耳轮。
身寄玉盘宜佐酒,情融枯木又逢春。
感恩科技驯仙草,助力扶贫惠万民。

重上关子山

张治文

千回百转上关山,一路风尘半日闲。
谁晓今生来此路,朗空月照又登攀。

山村即景

张玉庆

蜿蜒畅路伸。半岭小楼新。
檐燕关关语，山花朵朵亲。
一村椒馥郁，四处谷葱茵。
盛世农家景，安然不再贫。

中庙印象

张玉庆

江溪泽岸花，竹径罩轻纱。
沃野茵茵稷，幽岚绿绿茶。
芳林栖白鹭，新宅落红霞。
黎庶追鸿梦，恒勤且发家。

靓丽范坝镇

张玉庆

地沾灵气宝华藏,让水逶迤泽岸庄。
生态自然群岭翠,风情质朴众民昌。
条条玉带盘山绕,辆辆轩车掠地翔。
瓦舍茶园烟霭袅,高粱煮酒广飘香。

碧口寻春

刘代平

绿水轻波百十湾,菜花两岸露金颜。
闻知碧口春来早,一路飞驰玉垒关。

玉垒关春景

刘代平

起伏峰峦势入天,铁桥似锁水如烟。
一江桃柳知春至,绿伴花红总领先。

秋色

池明赟

秋景秋山秋叶黄，秋霜秋雨染秋光。
深秋时节寻秋处，秋色宜人秋兴长。

咏花椒

赵玉林

春暖含苞四月花，雨丝初润绽新芽。
身躯贫贱偏生刺，志气高端淡择家。
粒粒娇颜藏叶柄，幽幽郁馥走天涯。
色红恰值骄阳好，俏入商途换米茶。

水调歌头·油橄榄成熟

赵玉林

晚秋金风爽，寒露起苍黄。白龙江畔，千山葱郁果飘香。天路盘旋云上，橄榄绿波荡漾，玛瑙串流光。农人园中笑，老少采收忙。　触胜景，情思涌，感沧桑。当年荒岭，万众挥镐战风霜。修起梯田百顷，栽下福苗万种，春雨润山乡。致富先尝苦，追梦路犹长。

同咏裕河

刘欣治

火红灯笼枝头挂，诗友同题赞裕河。
满目茶园含翠绿，少年清唱遏云歌。

白水江畔

王文伟

鸣鸟飞飞闻故音，巍峨翠嶂旭光深。
还看流影清江水，多少乡愁入旧林。

范坝镇

屈学文

胜境幽深呈万象，自然生态好风光。
佳山秀水吟边趣，芳草长林到处香。
青瓦白墙辞旧俗，绿波秋树衬新装。
如今乡里随时变，迈步丰康谱锦章。

大美陇南

何长明

翠岭平湖对，田园四季歌。
银鹰腾旷野，铁轨越长河。
古镇商家旺，新村别墅多。
和谐生万象，岁月荡清波。

辛丑立冬

周礼明

山头加白冠，丽日驱心寒。
瘟疫随秋去，人民启户欢。

驻丰元坡村感怀

桂昌生

两载驻村含泪多，农民冷暖记心窝。
四通三保加苗险，水秀山清奏富歌。

团鱼河

杜小宝

溪流缠绕化龙潭。罅隙大鲵清梦酣,
恰似桃源腾紫瑞,庶民护守寝食安。

辛丑中秋感吟

宋树祥

共赏中秋月,银盘报顺安。
一家人七处,互念问温寒。

夏日游清凉寺

董志卫

上得山来不想归,岚风曳我探幽微。
白云忽尔襟前过,扯却一方送倩谁。

辛丑重阳

蒋维进

丹椒结籽菊花黄,正是田园稻谷香。
步步登高开视野,年年重九胜春光。

春耕

罗海云

春雨无声润物新,田原野陌露芳尘。
犁锄扑扑迎岚舞,野客盈盈戴月亲。
育醒秧苗生点翠,种成荚豆著青璘。
归来总羡耕耘乐,伴与陶公做比邻。

梦想中的山背罗湾

赵长忠

山背罗湾成梦谷,青云直上且留住。
羌风遗俗弥留醉,借得秋风把梦抒。

辛丑立春感怀

魏恒平

律回岁晚不推迟， 春到人间草木知。
从此冰消风自软， 梅花精妙柳黄时。

羌寨冬韵

杨春冲

古壑万年开线天，冰崖千丈挂云端。
雅兴难收胸中意，氐羌深寨赏大观。

宕昌秋雪

乔文杰

萧萧寒风催雪临,群山一夜披白锦,
游客信步官鹅沟,无人结伴话美景。

宕昌冬景

谭利明

烂漫鹅毛落九天，冰封俏丽满山川。
不知何处神仙境，一地梨花澹澹烟。

临江仙·什川接官亭

赵王忠

风剪桃花香十里，悬崖月水中立。轻舟一叶觉身轻，去年游上宛，今忆留春声。

莫问桃枝柔几许，梨花雨与谁泣。风尘衔叶恨啼莺，烟云连三月，古道接官亭。

天净沙·晚秋抒怀

许社德

深秋菊蕊娇妍，傲霜何惧风寒。稻菽忙收已完，仓盈窖满。万家欢庆丰年。

宕昌县樱花城

马永彰

红润透白姿飒爽，微风一阵处处香。
花雨醉引城客汇，玉树妆点城辉煌。

阳坝

张耀平

巧遇康南囍，梅园女娶男。
品茶红豆谷，醉饮月牙潭。

仇池

李明山

孤山千仞绝崖悬，福地生龙万代传。
百亩良田溪水泻，桃园胜境欲成仙。

小雪随笔

姜 毓

北风扉外送寒凉,新雪临园吻菊黄。

小院铺绒鸡鸭静,农家屋里有茶香。

西江月·晚霞湖荷景

曹补珍

暑气荷塘露蕊,霞湖柳岸风枝。青蜓蝴蝶戏花姿。暮映夕晖娇美。

夜月蛙鸣寄韵,凌晨露染芳菲。嫩娇菡萏惹诗痴。多少游人陶醉。

醉美陇南

——题官鹅沟金秋十月红叶

陈新峰

应是人间栽,绝非天上来。

欲赏蓬莱色,金秋陇南徊。

雪花飞·校园冬趣

刘清宇

场上鹰飞燕舞,欢歌笑语连绵。松柏银花绿叶,情暖冬天。灵凤祥龙跃,初心使命肩。时代精神励我,景秀河山。

鹧鸪天·陈地驻村干部姜冰峰(晏几道体)

陈永红

一盏心灯照万家,三年陈地树奇葩。路修家院条条畅,房建门前片片花。思万户,访千家。别家孩子自家娃。务工薪欠三十万,帮讨还民众口夸。

望海潮·奋进陇南

张庆忠

陇南仙境,风光瑰秀,河山处处迷人。长岭毓芬,平湖泛碧。皆夸四季如春。临岸赏鱼鳞。入林辨鸟语,忽息还闻。三月花香,重阳红叶,忘晨昏。

沧桑难尽条陈。看扶持特产,遍地金银。修路架桥,栽桃育李,电商利好山珍。橄榄惠农门。旧屋新楼换,挖掉穷根。见证初心更固,宗旨系黎民。

水调歌头·陇原放歌
——兼寄"寻找陇蜀之城"

楚　勤

陇原说形胜,盛世数风流。云屏如锦山水,图画裕河沟。太白当年蜀道,子美草堂泪笔,今日得高楼。红色加油站,旭日暖阶州。　赋琵琶,寻张坝,记乡愁。一时多少风物,千载意悠悠。造化天嘉福地,铭刻初心热血,砥砺共筹谋。圆我中华梦,谱写大春秋。

第八章

美丽陇南

赵芳诗一组

（一）阶州夜市

千灯照碧云，楼影共人群。

食尚古今里，笙歌十里闻。

（二）诗意阶州

阶州一景开，龙水共瑶台。

白鹭翩翩舞，蒹葭缓缓来。

（三）走进康县美丽乡村

青山怀大梦，云碧水流长。

美丽新村舍，休闲富一方。

（四）大梦官鹅情

追梦官鹅远，天涯情意深。
仙峰吹雪影，云路挂冰针。
弄玉谁横管，凭栏我顾琴。
千年无觅处，回首望知音。

（五）官鹅情歌

秋意婆娑水尽欢，丹心驱动步悠然。
玉壶扳倒官鹅醉，一夜情歌一侣仙。

（六）官鹅沟一线天遐想

谁弹韶乐到官鹅，羌笛吹丝引瀑歌。
一线碧斜珠玉撒，宛如仙女浣婆娑。

（七）官鹅天瀑之歌

奇峰碧处泻天河，开卷奔流谱大歌。
李白曾留千尺少，官鹅飞瀑九重多。

（八）庚子闰四月二日工作途中闲踏礼县盐井

闲足摞盐井，秦声赴耳回。
访生新草木，留守旧题材。
胶鬲遗神话，诗人壮笔台。
黄门眉作是，拦马兔泉开。

（九）八声甘州·美丽乡村

走康城车马过青山，望关乐悠悠。十二弯里路，燕河欢笑，新宅高楼。农舍蔷花盖屋顶，点缀乡愁。爱犬门前坐，听鸟啾啾。　　放眼间登高处，憾陇南大地，如画当讴。红旗飘乡野，扶贫志不收。采茶女，素指纤巧，嫁新郎，入室敢筹谋。诗歌颂，党徽闪烁，抒写风流。

郭军诗一组

（一）云上金马池

无边绿锦下云端，车歇花丛马卸鞍。

池坝马营环碧草，玉溪金厂隐青峦。

登高四顾心寥廓，得意同游梦赳桓。

霞径人家疑世外，常如居士不求官。

注：金马池，陇南市武都区金厂、马营、池坝的简称，这里有几十里高山草甸，近年来成为自驾游胜地，2019"云上金马池"山地自行车公开赛在此举行。

（二）赴三河镇参加首届文学艺术采风

三河镇里采风酣，美丽乡村胜美谈。

满目新椒红似火，倾坡橄榄绿如蓝。

百年党史开胸境，一片初心向陇南。

文化入村人自信，伏中创作也情甘。

（三）长相思·咏成县梯田式油菜花

桃雨时。谷雨时。油菜花繁粉蝶迷。成州淡淡菲。
鸟依依。人依依。欲醉三山金缕衣。嗅香知是谁？

（四）水木裕河

草木经年古镇幽，余家茶酒蜜相酬。
夏云冬雨教人恋，秋月春风莫自愁。
过陕甘川连驿站，尝花露果问金猴。
裕河山水佳天下，无处清华不忍留。

（五）生态徽县

梧桐招凤喜登门，银杏人家果实囤。
青泥岭横云霭断，嘉陵水拍浪涛奔。
金徽问酒知仙液，古道游龙聚宝盆。
忘扰黄莺鸣翠柳，竹枝笑打核桃村。

注：游龙，指游龙乡，曾产贡米。

（六）观鱼龙高山戏

鱼龙有戏百家欢，稀世传承不一般。
花脸自分生旦丑，梁园相间草蒲团。
踩台走印人犹醉，试舞调喉足未酸。
几度旧山烟谷里，踏歌欲到夜阑珊。

（七）赞隆兴镇落实退耕还林支撑产业振兴

一将产业支撑准，石地还林特色新。
椒树苗青栽垄野，木龙头嫩胜山珍。
株株药草三秋露，点点桃花百里春。
因地制宜凭落实，乡园共富梦成真。

（八）贺"一带一路"美丽乡村论坛在陇南召开

雪迎盛会陇南祥，故道闻梅分外香。
北去多边经济带，南开一路下重洋。

（九）登南山（新韵）

云崖直上不堪瞧，路险车行入碧霄。
俯首听鸡三万丈，投足觅胜半山腰。
千年松下人难老，白日枝头鸟更高。
但许一时清净在，无为有道卧林箫。

（十）碧口龙井茶

甘露云腴舌上含，杯中嫩叶似曾谙。
陇山蜀道宜相访，碧水双江可品谈。
皆慕此间藏瑞草，应知何处到诗龛。
春霖夏霭来相润，一啜教人乍觉婪。

（十一）阶州夜市

烹蒸炸烤炒炖煎，一里香街不夜天。
玉盏珍羞何必贵，阶州小吃可花钱。

（十二）赋隆兴镇脱贫攻坚

五月隆兴尽笑颜，承迎艺子访青山。
相机且摄新居影，笔墨犹书古戏班。
视察扶农中草药，搬迁赏点符家湾。
经年巨变留诗里，美丽乡村与梦还。

（十三）张坝古村落寄韵

四月人间不踏芳，始闻张坝杏花香。
琵琶弹唱姜维胆，土户遗留木架房。
旧梦蹉跎成石磨，时光斑驳入泥墙。
杨家古戏凭谁演？四方山前问六郎。

（十四）长相思·咏成县梯田式油菜花

桃雨时。谷雨时。油菜花繁粉蝶迷。成州淡淡菲。
鸟依依。人依依。欲醉三山金缕衣。嗅香知是谁？

（十五）菩萨蛮·市林草局雪松园咏

雪松唤我秋园去，芙蓉花下和君语。石几品春茶，烟峦隐碧霞。吟眸皆可咏，雅意生幽境。曲水说流年，铅华洗此间。

（十六）一剪梅·文州赏月

槛外风尘下赤霄。雪月妖娆，血月妖娆。呼朋问酒踏文州。过了廊桥，又是廊桥。　　谁许花前不折腰？何处逍遥，如此逍遥。阴平一去蜀山重。云自迢迢，水自迢迢。

（十七）渔歌子·角弓游

袅袅碧烟过春江，恰恰黄鹂啭蒲杨。平屋静，蟺蜂忙，角弓菜花比金黄。

（十八）蝶恋花·赞陇南苦荞产业扶贫

独喜陇南风景好。山里人家，又见荞花绕。欲问城南云路渺，康神酒厂醇醨老。　　寒野拓荒农父笑。谁晓烟村，长益知多少。但植苦荞何所傲？探研开发周身宝。

（十九）喝火令·感宕昌山湾梦谷之变迁

静夜闻羌韵，槐烟压露庭。一丛篝火百重灯。访客不分南北，偏与老庄行。

鸟瞰山湾月，原来梦谷升。恁时无趣照穷丁。几度扶贫，几度助乡簧。几度筑巢招凤，斐变叫侬惊。

郭军，笔名南郭居士。著有《南郭词文》，合编《雪藻兰襟精华诗词》《清韵十二家》等四部诗文选集。获第三届"中国金融文学奖"诗歌提名奖；获"首届国际诗酒文化大会"现代诗入围奖。作品入选第四届中国百诗百联大赛。被全国诗词家神州行组委会授予"新中国成立70周年优秀诗词家"及"全国2020年战疫诗先锋"称号。中国诗歌学会、中华诗词学会、中国金融作协、甘肃省作协、《诗刊》子曰诗社会员。

彭彦平诗一组

（一）官鹅冰瀑

风从万壑鸣，悬壁玉筠生。
不意倾城色，深山少客行。

（二）鹅嫚沟春分即景

烟村春意暖，落日染羌池。
竹绿千秋节，花红万古枝。
波寒鱼戏晚，涧肃鸟栖迟。
漫步林中道，黔娄复可期。

（三）除夕

笑语满羌城，今宵烟火好。
风开雾里花，春动阶前草。
稚子往来频，故人传讯早。
殷勤劝酒杯，醉忘酡颜老。

（四）白龙江早行

浩渺烟波散，江城入眼新。
长堤鸣柳燕，小苑看花人。
风起凝晨露，云流送暮春。
何当金谷酒，又过白龙滨。

（五）游官鹅沟

鹅嫚秋深草欲燃，松风澹荡小壶天。
三巡酒过身何在，一朵斜簪扮少年。

（六）鹅嫚天池

云树飞花一镜开，孤峰独上望亭台。
多情最是天池水，曾照惊鸿倩影来。

（七）晨起对山

半窗烟雨黄花瘦，一枕新凉晓梦残。
最爱秋山成五色，相逢如对画图看。

（八）天池即景

游踪恰与故人同，万壑松涛渐有风。
宝镜孤悬千嶂里，相思红叶碧波中。

（九）过西狭感怀

曲径榛林暑气消，汉时遗物赖山樵。
府衙小吏如椽笔，绝壁华章耀碧霄。

（十）裕河纪行

千里驱驰赴裕河，危峰十二自嵯峨。
白沙沟畔邀相聚，风帚殷勤扫叶多。

（十一）同谷杜甫草堂

凤凰台下驻车轮，千里驱驰倍苦辛。
吟断七歌人不寐，草堂虽陋可安身。

（十二）端午过雷古山口占

山城五月芳菲尽，雷古红鹃次第开。
白雪未销寒玉骨，青松斯盛映苍苔。
风尘远客惊仙境，迢递归禽悦此台。
别有洞天堪小隐，浮云涤荡寸心埃。

（十三）官鹅初雪

一夜飞琼冷玉枝，官鹅胜景正当时。
偶逢晶柱崚嶒色，更喜冰湖璀璨姿。
白絮茫茫忧路尽，青山隐隐笑吾痴。
漫寻梅萼绯红处，拟写云笺寄故知。

（十四）鹅嫚天池

翠巘嵯峨一望收，相携烟侣上高楼。
云开池水碧千嶂，雨过霜枫红半秋。
老去功名空渺渺，闲中岁月自悠悠。
素鹅怜影频回顾，可否优游到白头。

（十五）腊月廿一日游官鹅沟

踏雪同游白玉京，风刀不阻客中行。
巡檐日影高低树，附耳溪流远近筝。
投石偶掀天一角，赏心犹待月三更。
年来何事堪回首，闲对湖山万虑轻。

（十六）天池对雪

枯木生花片片飞，绕亭终日弄芳菲。
光涵列岫云千里，影落霜枫水四围。
诗境每随山境改，秋声长共雁声归。
寒江却忆披蓑客，独钓孤舟雪满衣。

（十七）阴平怀古

春草萋萋古道深，文州胜景独登临。
千秋谁识湘妃恨，三顾空留蜀汉心。
剑阁崔嵬烽火息，阴平苍莽暮云沉。
渔樵不问兴亡事，依旧林泉自在吟。

（十八）中元前一日过山背罗湾

满地秋风白日斜，自惊误入武陵家。
池塘潋滟开天镜，林木参差胃晚霞。
喜有诗情同胜友，苦无佳句咏飞花。
泠泠夜雨山湾梦，好送清凉透碧纱。

（十九）羌村

时序如流不计年，羌村幽近白云边。
鸟啼松径通雷古，雾锁瑶池隐杜鹃。
夜半小楼堪独卧，雨余归燕自相怜。
渔郎去后凭谁问，陇上官鹅别有天。

（二十）宕昌国遗址

倚楼西望草离离，千古兴亡岂尽知。
羊马常怀三水地，花塬仍识六朝碑。
曾观老柳春风日，今对荒城细雨时。
故国凄凉何寂寞，游人到此复迟疑。

彭彦平，陇南诗词学会副秘书长，宕昌诗词学会副会长。出版诗词《竹窗诗草》，著有旧城中学校本教材《诗词入门》等。

王栋诗一组

（一）垂钓过江南公园（新韵）

尘世多烦恼，难得此刻闲。
繁花夹绿叶，玉藕配红莲。
歌舞翩翩起，笛琴阵阵传。
独寻一静处，垂钓柳堤边。

（二）夏日游阳坝

偷闲欲探幽，结伴踏康州。
古道开云岭，烟村绕茗畴。
掬泉当美酒，撷绿比珍馐。
若得此中意，今生何复求。

古道：即茶马古道

（三）秋题天池

天镜飞来云脚浮，千形万象一罗收。
金风又遇江南客，竟占阴平岭上秋。

（四）报　春

北国纷纷落雪时，凌寒切莫怨春迟。
东君已越摩天岭，先表阴平第一枝。

（五）江南公园偶见

半是游人半是奴，几多欢悦几多孤。
闲亭隐隐三幽客，一盏清茶一念珠。

（六）观石坊合作化桥

一江分割一桥连，桥若仙宫落九天。
济度众生甘俯首，无争无欲忘流年。

（七）题阴平栈道遗址

昔时古道会群英，为夺先机殊死争。
三国栈痕今尚在，幸无鼓角乱阴平。

（八）过火烧关

曲径斜长入九霄，雄关骑踞险崖腰。
纵然铸得金汤固，难敌阔端一炬烧。

（九）武都裕河

闻道裕河景色幽，欲将亲近亦难求。
客从云外纷纷至，我却隔墙做梦游。

（十）张坝古村即景

一场谷雨谢春红，来也匆匆去也匆。
石磨石墩连石路，石村寂寂院空空。

（十一）题白鹭群栖居白龙江畔

白龙江畔画屏开，碧水青天巧手裁。
陇上风光绝胜地，仙翁齐聚竞瑶台。

（十二）陇南春

江开新梦柳婆娑，弄影凫雏泛绿波。
陇上春来风景盛，醉迷诗客漫吟哦。

（十三）忆江南·春来到

春来到，山野布和阳。细柳拂堤江水暖，繁花初蕊叶儿黄。一派好风光。

王栋，文县人，现供职于文县市公安局。中华诗词学会会员、诗刊子曰诗社社员、陇南诗词学会会员。

董少文诗一组

（一）盐井

息马先秦地，蒹葭笼汉川。
水经存古迹，工部赋诗篇。
千载井泉涌，一绳圣母牵。
盐官如问讯，处处话桑田。

（二）三县梁

雨收初日照，行远固城河。
一嶂横三县，千云动九歌。
山村楼舍静，原野马羊多。
僻壤逢盛世，谁当惧崄峨。

（三）康县美丽乡村之花桥村

悠远马帮道，遥隔望子关。
云移山缈缈，倒淌水潺潺。
雉兔戏游客，菩提荫永安。
花桥留恋处，笑语伴茶烟。

（四）康县美丽乡村之大水沟

昔日烂泥滩，酒香春晓园。

鸟啼花影动，轮转水车翻。

诗赋壬溪韵，琵琶扇舞喧。

陶公今若在，何羡武陵源。

（五）康县美丽乡村之凤凰谷

醉美凤凰谷，云移景自多。

红轿邀远客，青舍隐梭罗。

桥静波连舞，人欢鹅放歌。

轻风溢芳气，瓜豆戏蜂蛾。

（六）康县美丽乡村之朱家沟

放眼燕河畔，朱家沟畅游。

红墙追往事，古宅话春秋。

桥阁人怡乐，溪泉水自流。

欲留何处去，隔岸问沙鸥。

（七）康县美丽乡村之何家庄

闲登观景塔，俯望何家庄。

远路连青嶂，溪流绕白墙。

鸟啼三径曲，花笑五园香。

闻唱鼓琴乐，山歌颂小康。

（八）康县美丽乡村之阳坝

层峦悬翠嶂，幽境物华殊。

林霭隐红豆，飞流泻玉珠。

鸟啼鸳鸯柳，鱼戏天鹅湖。

十里梅园梦，茶歌留客途。

（九）西江独吟

风解连宵雨，云烟半壁浮。

鸟啼两行树，人望一江秋。

岁月催霜发，波澜荡小舟。

消愁唯浊酒，与尔饮三瓯。

（十）晚霞湖

雨歇新湖上，蒹葭笼霭纱。

斜风吹碧水，虹彩映丹霞。

一曲渔歌子，千枝蝶恋花。

寻诗清影下，凭槛醉听蛙。

（十一）青泥岭

巍峻铁山岭，连绵上九盘。
朝烟迷故塞，暮雨阻泥丸。
越堑青莲咏，望乡工部叹。
通途穿险豁，蜀道不愁难。

（十二）山湾梦谷

何从寻梦谷，远步上罗湾。
玉带青山绕，莺声白屋环。
围炉追往事，煮酒话新颜。
羌笛悠悠起，吟诗得自闲。

（十三）文县天池

追梦临蓬岛，仙池一鉴开。
三山排雾起，九曲接天来。
白马歌明世，青娥舞玉台。
人间殊妙境，无酒醉红腮。

（十四）龙林桥

萦怀思旧梦，访故慰清寥。
古柏掩双寺，铁链牵一桥。

天开云影近，龙去玉鳞遥。
仰首金山峙，疏钟伴暮潮。

（十五）春游西峡

太守开天井，蜿蜒贯险途。
攀岩人贴壁，飞瀑雨零珠。
崖刻领三颂，瑞祥衔五图。
黄龙深万丈，倚索钓松鲈。

（十六）游青林寺

青林常入梦，幽境故情多。
十里越春路，一桥横燕河。
亭台人寂静，烟树自婆娑。
石级铁栏冷，悬空古庙峨。
崖边红杏蕊，殿后翠松萝。
进寺无神迹，觅踪听梵歌。

村居闻犬吠，杨杪隐鹊巢。
寥落晒阳叟，缓声挑荠娥。
壮儿移闹市，老弱寄山阿。
不见蛟龙影，回头已烂柯。

（十七）湫山行

暮春联挚友，践约艳阳天。
窗外赏奇景，车中听管弦。
群山峦嶂绿，卧石玉波溅。
珠泻十三孔，桥横两地连。
顽童戏水乐，浣女照溪妍。
鹅舞怜双影，莺啼唤远烟。
彩衣阡陌秀，黄蝶穗头翩。
云起北猴咀，雾开庆堡巅。
磨轮承岁月，旧碾话从前。
古柳追初事，孙泉荡腑田。
神碑思静巷，翁妪步村边。
雅舍竹荫茂，琴书翰墨缘。
畅怀几盏酒，歌赋八诗仙。
惜别勤珍重，辞归盼再牵。
临屏情切切，执手意拳拳。
循迹燕河去，稀星伴我还。

（十八）祁山怀古

三分天下因何事，问道祁山谒孔明。
孤堡森森伤冷落，西江脉脉说峥嵘。
日残水映沙场血，风动回闻呐喊声。
流马木牛无语对，是非功过任谁评。

（十九）成县杜甫草堂怀古

常因诗圣舒幽兴，且向芳春我独凭。
龙峡深潭惊万丈，凤台石壁历千层。
七歌吟咏怀民苦，三吏愤书徒拊膺。
广厦如林高耸立，草堂唯念杜少陵。

（二十）寻梦张坝

云烟缈缈绕峦岫，遥望古村招客留。
石级苔青山径曲，溪流水绿竹林幽。
几声野雉消烦暑，一叶枫笺写素秋。
欲问菩提何处梦，悠悠旧碾寄乡愁。

董少文，礼县人，现供职于礼县市场监督管理局。中华诗词学会会员、诗刊子曰诗社社员、甘肃省诗词学会、陇南诗词学会、礼县诗词学会会员。

王建花诗一组

（一）参观秦文化博物馆有感

一门异象开，紫气任君裁。
挥剑六合处，冰川万物催。
雄才何所比，陶俑响惊雷。
但使他人在，入侵不再来。

（二）游祁山武侯祠有感

三分天下事，倚蜀得隆中。
战马萧萧舞，木牛任尔东。
心诚移大道，气定辅枭雄。
羽扇身犹在，宁为一儒生。

（三）醉美裕河

裕河枫正好，红叶遍秋山。
昔日相邀去，今时复又还。
脱贫开栈道，创业渡难关。
八福皆如意，余音几瀑间。

（四）秋日太平山

森森古木间，庙宇影斑斑。
正殿清光暗，侧厅釉色寒。
风摇钟鼓磬，僧动尘缘干。
气冷凝霜露，声微且细看。
莫嫌秋圃老，稚子竞开颜。

（五）徽县青泥岭

依陇入蜀天，百步断云烟。
子美嗟乎久，青莲绕道难。
危桥连尽路，沟壑胆边寒。
欲驾飞骑去，遥遥一梦间。

王建花，女，礼县盐官镇中心卫生院护士。中华诗词学会会员，甘肃省诗词学会会员，甘肃省作家协会会员，陇南诗词学会副秘书长，礼县诗词学会秘书长。

张付成诗一组

（一）水木裕河

绿遍松原落立泉，密阴墟里举春烟。
模山范水留仙韵，七宝楼台续美篇。

（二）瞻仰两当兵变革命纪念馆有感

两当兵变树旌旗，血雨腥风赴命坚。
义成仁终有继，三江五岳写新篇。

（三）游武都普化寺

日暮钟声伴瑞烟，光谦建寺美名传。
结缘闻法明真意，普化吾心继雅篇。

张付成，汉族，甘肃陇南武都人，汉语言本科，高级教师，中华诗词学会会员、诗刊子曰诗社社员、陇南诗词学会会员，诗词作品刊发在《陇南诗词》《武都诗词》《武都文学》《诗词万象》等多家官方网络平台。

鱼水翔诗一组

（一）四月槐香

银花玉穗漾春光，一阵熏风拂面香。
早有蜂郎闲不住，云中绮梦拥巢忙。

（二）夏抒怀

留春春不驻，逐水水生烟。
青荷惊雷雨，熏风舞稼田。
燃榴情胜火，布谷语缠绵。
释足调焦镜，心猿放钓船。

（三）每当擎箸念隆平
——痛悼袁隆平院士仙逝

天下米陈仓，河山恸国殇。
枯灯荧玉粒，竭血润柔肠。
尚有三餐饱，应怜万石粮。
生平黏厚土，尘世稻花香。

（四）建党百年颂

擎举镰锤主义真，百年洗礼志弥新。
南湖血雨江山丽，赤县腥风社稷春。
沥胆披肝承使命，富民强国耀金轮。
初心不改唯宗旨，伟业宏图证诞辰。

（五）西江月·重阳菊韵

雨打一枝梧叶，风吹多少秋声。
百花凋谢我争荣，九九风骚独领。
西苑幽香阵阵，东篱佳色盈盈。
黄花菊酒醉怡情，笑傲霜寒露冷。

（六）西江月·咏建党百年

信念如磐笃志，镰锤铸就辉煌。
血凝荣秩注沧桑，福祉为民不忘。
圆梦神州崛起，讴歌时代铿锵。
宏图再绘富春江，聚力凝心棹桨。

鱼水翔，男，甘肃省西和县人，银行退休职工。中国作协《诗刊》社子曰诗社社员、中华诗词学会会员、甘肃省诗词学会会员、陇南市诗词学会副秘书长。

高幼平诗三首

（一）春分

喜雨浥轻尘，遥知草色新。
序时平昼夜，寒暑两相匀。

（二）山行

融融春意暖，恰恰早莺啼，
最是撩人意，夭桃映碧溪。

（三）参观青岛德国总督官邸有感

总督官邸仿皇宫，宏堡煌煌欧式风。
忍睹清廷屈辱史，九州腴沃列强烹。

高幼平，网名竹笠翁，男，72岁，文县政协退休人员，陇南诗词、甘肃诗词、中华诗词学会会员。有作品在多家刊物发表。

杨荣诗词一组

（一）西江月·题迎春花

冬至后天渐长，迎春山间苞放。 和弦灵动点鹅黄，春在娇莺枝上。
雨湿一弯山路，燕飞千仞云冈。 轻寒滴露小垂杨，笑靥随风荡漾。

（二）一剪梅·两当号子

一曲号子把妹留。唱到枯喉，无限温柔。热衷不尽意幽幽。红日西投，月映东畴。

阿妹陪哥共白头。相伴山头，相伴河沟。数间茅屋一头牛。
不羡琼楼，不慕王侯。

（三）落花惜

满地落英望已侈，今宵眉月淡无华。
君将访友休贪酒，莫使归来醉踏花。

（四）思

拍得花开报婿知，人间恰是赏花时。
春庭唯有蝶来去，不敢多看连理枝。

（五）两当街区赏樱

满树繁樱如绣绘，游人接踵赏芳菲。
轻行不敢高声语，犹恐花惊瓣落稀。

（六）题牡丹

富贵牡丹园中放，天姿卓卓压群芳。
宁教玉质成焦骨，岂肯奴颜悦武皇。
花并贵妃倾国貌，酒邀太白写霓裳。
古来多少风流客，做鬼情甘为汝狂。

杨荣，甘肃两当人，中华诗词会员，甘肃省诗词学会会员，陇南市诗词学会副会长。

石玉林诗一组

（一）雨中观云屏天门

雾锁云深久不开，
天门立壁墨轻推。
何须晴好观山色，
未若霖霎赏画来。

（二）秋夜感怀

竹簟铺丝被，微凉入五更。
侧看娇女面，卧听斗鸡鸣。
旧梦添思虑，新愁乱绪情。
向来回首处，终是意难平。

（三）立秋怀远

晓露微凉始立秋，云天淡远夏风收。
凭栏无思空寥落，何处悲伤聚眼眸。

（四）云屏棉老村览秋

久在樊笼里，驱车返自然。

登高山愈小，望远水生烟。

一树江枫劲，几行白鹭旋。

临风方觉醒，诗意涌心泉。

（五）路过所见

小院清幽掩半扉，过墙月季夹蔷薇。

绿荫不见出蝉语，唯有翩翩蛱蝶飞。

（六）樱桃夜话

檐树垂珠玉，玲珑琥珀心。

逆光出彩釉，迟日透丹林。

蜜肉滋唇齿，甘汁润肺阴。

围盘三两坐，共唠夜沉沉。

林子，原名石玉林，女，80后，甘肃两当人，现供职于两当县统计局。中华诗词学会会员，诗刊子曰诗社社员，陇南市诗词学会会员，两当县诗词学会副会长。作品散见于《飞天》《开拓文学》《天水晚报》等报刊。

田雨燕诗一组

（一）秋入白龙江

烟水兼葭共晓风，银霜未染晕轻红。
漫摇秋色龙江岸，偷取一枝入画中。

（二）重阳自寄

莫叹重阳秋已深，篱边陶菊正披金。
自经溽暑熏蒸后，一片清凉守素心。

（三）秋日高楼山

峰岭参差作舞场，翩跹云雾练裙扬。
百年松树接岚气，一季幽花趁日光。
闻鸟空山明阒寂，添衣寒晓试清凉。
红尘障目迷心性，高处始知秋兴长。

田雨燕，女，就职文县中医院。中华诗词学会会员，甘肃省诗词学会会员，陇南诗词学会会员，阴平诗社会员。

刘有生诗一组

（一）柿园冬望

一抹残阳溯北风，秋园柿叶半零中。
蓦然识得橙心远，飘落甘为万点红。

（二）苹果花节随想

晓风昨夜寂无声，便引花神眷此行。
须发祁山三百里，一朝惹得远人倾。

（三）遥寄两当樱花节

樱似春霞浮两当，一池碧水半城光。
三山倒映屏中近，烂漫遥来隔岸香。

刘有生，笔名春语，甘肃礼县人，礼县政协副主席。作品散见于《飞天》等省内外报刊。

张巧红诗一组

（一）

冬至连阴雨，青泥雾海中。
独行逢古寺，相对两迷蒙。

（二）

野径存残雪，深山守老林。
人烟稀少处，蒿草数松针。

（三）

岫壑寒风戾，悬冰似剑呈。
寻机摇尾者，山狗作狼行。

张巧红，笔名蓝雪，甘肃徽县人。现供职于徽县交通运输局工作。陇南诗词学会会员，甘肃省作家协会会员，中华诗词学会会员。

李逢春诗一组

（一）秋分随感

上苍真有趣，秋色竟平分。

寒暑随心换，阴晴自在行。

自然天可控，世事谁能匀。

莫谓霜风劲，冰消即是春。

（二）明日重阳无阳天冷闭门勿外出。

九九阴霾厉，重阳正气微。

千山旋冷雾，万水泛寒晖。

莫道天难老，须知事易非。

五更霪雨降，紧紧闭柴扉。

（三）牵牛花

金菊开东苑，牵牛上竹篱。

高低排乐队，轻重唱秋词。

独奏太常引，合鸣静夜思。

小花声细细，复演钓金龟。

（四）题电脑画《深山抚琴》

窃喜伏将尽，拂弦对远岑。
岚青回雪练，韵雅遣孤心。
市井浮华乱，空谷竹树森。
山风拂翠袖，催我演知音。

（五）九月

雨幕低垂九月天，小城日夜笼寒烟。
西狭翠嶂悬飞瀑，风岭苍岩涌碧泉。
冬麦难播心似火，秋英未揽腹如煎。
人称陇上江南地，何故今非大有年。

| 李逢春，甘肃成县人。原成县政协副主席。

罗德伦诗词一首

蝶恋花·辛丑年教师节有记

授业黉堂桃李树。解惑传经,师道初心铸。润物无声皆蜡炬。清风两袖潜然去。

读史吟诗兼曲赋。孔孟先贤,儒学存千古。自有门生寻汝处。满心慰藉何言苦。

罗德伦,陇南成县人。中华诗词会员、中华诗词研究会会员,甘肃诗词学会、陇南诗词学会会员,《诗刊》子曰社员。作品散见于《诗词选刊》《诗林》《诗选刊》《中华诗词》等报刊。

熊九州诗一组

（一）楞严

寒灯一点映窗纱，好读楞严懒宅家。
世事苍茫如梦幻，壶中自有妙莲华。

（二）陌上

自是春归了不知，家家庭院燕来迟。
年年辜负栖香雪，陌上花开第几枝。

（三）梅香

谁送梅香小院东，连城寂寂市尘空。
不知窗外高楼上，昨夜还来几面风。

熊九州，男，甘肃成县人。甘肃省诗词学会会员，陇南市诗词学会理事，成县诗词学会副会长。

后记

陇南是一个地域特色鲜明的地方，也是一个诗歌的故乡，有读诗、学诗、写诗的优良传统和良好风尚。近年来，随着国家更加重视中华优秀传统文化的弘扬和传承，陇南诗词呈现出创作活跃、新人辈出的上升期。尤其是2017年4月份陇南市文联成立了陇南市诗词学会以来，在全市范围内寻找、发现和培养中青年诗词人才，团结全市诗词力量，为讴歌新时代中国特色社会主义新发展，宣传陇南经济社会发展和文化旅游开发，反映陇南在党的正确领导下，社会面貌发生的巨大变化，推介家乡独特的地域文化、自然风貌、人文景观、生态建设、特色产业等和人们奋发有为的精神风貌，以诗词的力量传播社会正能量。在近五年来，在市诗词学会的引导和鼓励下，全市八县一区先后均成立了县一级诗词学会，并在全市范围内发展会员超过500人次，向中华诗词学会输送优秀会员40余人，向甘肃诗词学会集体输送会员人数已达300人次。近几年，在陇南市文联的领导和广大会员的共同努力下，陇南诗词持续围绕陇南市委市政府的中心工作，组织会员不断开展采风创作，以诗词的力量讲好陇南故事，为宣传陇南美好形象尽心尽力、增砖添瓦，传播了社会正能量。

根据陇南市文联的安排，编辑这本集子近一年时间，因2019年学会曾出版有《陇南诗词》一册，编辑这部集子时主要筛选收集了近三年多来的优秀作品，编辑这部集子得到了各县诗词学会的积极响应，及时整理推送了会员优秀作品，陇南诗词秘书处将县、区诗词学会输送上来的诗词作品及时做了整理，按照创作主题，分十个章节进行分类排序和编辑，其中以顾问作品和陇南老一届诗人代表作品为开端，逐序分类将全体会员作品进行编辑和排版展示。老会员进入陇南诗词时间比较早，作品相对成熟的收集收录数量相对就多一些，因为出版页码有限，新会员作品相对收集和收录少一些，但仍然保证了各县选送的每一个会员作品在书中都有收录。有个别没有收录上作品的老一届诗人，也是因为联系不上或年龄大了不便提供作品等原因。编辑时，对入选作品较多的作者和理事以上的会员以及各县诗词学会负责人提供了简介，在此一并说明。

　　总之，因为时间关系和页数限制，在编辑编排方面如果出现有个别疏漏和工作失误的，还请广大会员和诗友给予理解。在此，陇南诗词编辑部向长期以来关心和支持陇南诗词工作的所有领导和一如既往学习并长期配合支持陇南诗词工作的全体会员表示衷心的感谢和崇高的敬意！

　　谢谢大家！

赵芳
2023年1月